KB105919

가끔 난 행복해

Often I am Happy

가끔 난 행복해   Often I am Happy

엑스 크리스티안 그뤤달 장편소설

진영인 옮김

민음사

OFTEN I AM HAPPY

by Jens Christian Grøndahl

Copyright © Jens Christian Grøndahl 2017
All rights reserved.

Korean Translation Copyright © Minumsa 2018

Korean translation edition is published by arrangement with
Jens Christian Grøndahl c/o Sebes & Bisseling Literary Agency through DKA.

이 책의 한국어 판 저작권은 DKA를 통해
Sebes & Bisseling Literary Agency와 독점 계약한 (주)민음사에 있습니다.

저작권법에 의해 한국 내에서 보호를 받는 저작물이므로
무단 전재와 무단 복제를 금합니다.

가끔 나는 행복한데도 울고 싶어,
어떤 마음도 나의 기쁨을
온전히 함께하진 않아서야.
가끔 나는 슬픈데도 웃어야 해,
두려움 어린 내 눈물을
아무도 보지 않았으면 해.

B. S. 잉에만

차례

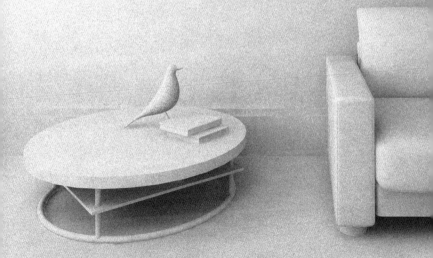

가끔 난 행복해 9

이제 네 남편도 죽었어, 안나. 네 남편, 우리 남편 말이야. 그 사람이 네 옆에 묻히면 좋았을 테지만 네 옆자리엔 이미 다른 사람들이 있지, 어느 변호사, 그리고 이 년 전에 묻힌 어떤 여자. 네가 그곳에 묻힐 무렵 변호사는 한참 동안 거길 찾아왔었어. 나는 그다음 줄에서 게오르그를 위한 빈자리를 찾았어. 그 사람의 묘비 뒷면이 네 무덤에서 보여. 나는 석회암을 골랐어, 석공은 그 돌이 방수가 안 된다고 말했지만. 그게 뭐 어때서? 난 화강암을 좋아하지 않아. 쌍둥이는 화강암을 마음에 들어 했을 거야. 이번만은 둘이 의견이 일치했어. 화강암은 너무 무거워, 우리의 게오르그는 가슴이 짓눌리는 느낌에 대해 불평했었다고. 우린 그 상황을 좀 더 진지하게 받아들여야 했는데 게오르그는 대수롭지 않게 여겼어. 처음에 그 사람이 투덜거릴 때 네가 좀 더 알아보려 했지만 그이가 무시했지. 게오르그는 그런 사람이었어.

그이는 샤워를 하다 쓰러졌어. 난 뭔가 잘못되었다는 걸 바로 알았어, 아니면 이제야 내가 알아챘었다는 생각을 하거나. 그 사람은 신음했고, 무겁고 젖은 그이의 몸을 옮기면서 이건 심상치 않다고 느꼈어. 침대로 데리고 갔을 땐 아직 의식이 있었어. 구급차가 도착했을 땐 다 끝났지. 그는 그다운 모습이었어, 나이 들었지만 여전히 멋졌다니까. 반듯이 누우니 배가 덜 불룩했어. 넌 그이의 그런 모습을 절대 보지 못했을 테지만 일흔여덟 살은 아무것도 아냐, 정말이야, 안 그래? 혹은 일흔 살, 그 문제라면. 뜨거운 물이 쏟아지는 타일 바닥에 쓰러진 그이를 발견한 사람이 너일 수도 있었어. 원래대로라면 너였을 거야. 넌 그렇다고 말할 수 있니? 그이는 언제나 샤워를 오래 했어. 관상 동맥이 터지지 않았다면 어렵지 않게 계속

서 있었겠지. 그렇게 네 인생도 쭉 이어질 수 있었을 거야. 난 어디쯤 있었을까, 네 삶에서? 나는 내 삶에서 어디쯤 있었을까? 구급차가 오기를 기다리면서 나는 그이를 어루만졌어. 하지만 그이가 무언가를 느꼈는지는 모르겠어. 그 사람 곁에 앉아 있는데 어느 순간부터 더 이상 아무런 느낌이 없었어. 그걸 나중에 깨달았어. 마치 내가 갑자기 사라진 사람인 양 그이는 내 손길을 느끼지 못했어. 그 사람이 사라지다니 내 안에서 어떤 덩어리가 자라나 숨이 막히는 기분이었어. 그런 외로움은 느껴 본 적 없었지. 무얼 생각하든 무얼 느끼든 현실이 그에 반응하거나 혹은 그저 흘러가게 두는 데 익숙해. 죽음은 삶을 입 다물게 하지. 결국엔 현실이 우리의 적이야.

　　장례식 다음 날 나는 자전거를 타고 또 묘지에 갔어. 꽃다발 두 개를 가지고 가서 네 묘비 앞에 두었어. 다른 때면 네 생일에만 꽃을 가져갔지. 첫해에는 꽤 자주 샀어, 대체로 혼자서. 게오르그는 함께 가고 싶어 하지 않았고, 결국 난 네 무덤에 다녀왔다고 말하는 걸 그만두었지. 그 무렵 그 사람이 왜 가지 않으려고 하는지 더 이상 묻지 않은 지도 오래됐어. 그이가 너를 완전히 용서하지 않은 것 같아, 그렇지만 그이는 그 사실조차 인정하길 원치 않았을걸, 내가 물어보았다면 말이야. 내가 네 자리를 충분히 대신하지 못했다는 맥락에서 그 사람의 대답을 추론했을 수도 있어. 게오르그는 무척 사려 깊은 사람이었고, 나는 그 사람이 정말로 나를 좋아하게 됐다고 생각해. 시간이 흐르고, 뭐랄까, 결국 우린 연인이 되었어, 그저 함께 산다는 이유만으로. 젊었을 때 우린 습관의 힘을 과소평가했지, 그리고 습관의 미덕을 과소평가했어. 이상한 말이지만, 정말.

　네가 일단 세상을 떠나자 그 일은 내게 용서의 문제는 절대 아니었어. 묘비 하나를 용서하느냐 마느냐 하면서 거기 서 있는 건 말이 안 돼, 석회암 아니면 화강암일 뿐인데. 네 삶이든 누구의 삶이든 끝날 때는 사실 몇 줄로 줄어들어. 그랬어. 이런저런 일들이 일어났고, 우린 그 일들을 우리 좋은 대로 생각할 수 있지. 너는 네 가장 친한 친구의 남편과 잠자리를 했고 그는 너를 죽음으로 이끌었어. 물론 너희 둘 다 그렇게 될 거라곤 예상하지 못했어. 처음에는 네가 무얼 기대했을지 나 자신에게 물었어. 그냥 단순하게 파트너를 바꾸자고 제안할 거였니? 그런 일들이 일어나지.

　이렇게 대답을 듣지 못할 질문들에 대해 고민하던 때였어. 이런 생각이 들더라. 너는 어쩌면 미래에 대해 어떤 생각도 하지 않았을 거라고. 사랑에 빠진 사람만 알지. 사랑에 빠진 사람은 미래나 다른 사람에 대해 아무런 배려도 하지 않는다는 걸. 그들은 자기네 인생에서 가장 빛나는 순간에 흠뻑 몰입해 있어. 더없는 행복이 사방으로 흘러넘치지. 그 순간은 그다음 순간이나 또 다른 어떤 순간으로도 대신할 수 없어. 그들은 서로의 얼굴과 몸에 깊이 빠져 있고, 이상한 질투심에 사로잡히게 돼. 사랑에 빠져 본 지 오래되었지만 나 역시 희미하게나마 그 질투심을 기억해. 경쟁자를 질투하는 게 아니야. 심지어 경쟁자는 염두에 두지도 않아. 그런 질투심이 생겨날 때까지는 네가 사랑하는 남자만 중요한 거야. 너는 그의 몸을 질투해, 너보다 그의 마음에 더 가까이 있기 때문이지.

　아냐, 넌 나나 게오르그에 대해선 뭐든 특별히 생각한 적 없었고, 어느 날 내가 네 남편하고 네 쌍둥이 아이들과 함께 네 무덤 앞에 서는 일 같은 건 생각해 보지 않았을 거야. 알다시피 내가 서 있을 무덤은 하나였어. 여러

해 동안 난 가끔 똑같은 생각에 시달렸어, 엉뚱하고 변덕스러운 생각 말이야. 만일 헨닝이 여전히 어딘가에 살아 있다면? 사람이 그냥 사라질 수 있다는 게 머리로는 납득이 안 돼. 마치 영겁 같아. 상상하기 어려워. 하지만 우리가 거기 있었어, 게오르그, 쌍둥이, 나. 물론 처음엔 오랫동안 그를 전혀 원하지 않았어.

요즈음 그들은 나를 미워해, 쌍둥이 말이야. 난 아마도 너무 무뚝뚝하고 단호한 사람이겠지. 내가 나도 모르는 사이에 좀 무정하게 굴 순 있어, 반대로 그 아이들은 지나치게 감상적이야. 물론 아버지를 애도하는 건 존중해. 나도 그들의 아버지를 애도하니까. 왜 이렇게 말해야 할 것 같은 기분이 들지? 쌍둥이들이 뭔가 의심하는 것 같거든. 게오르그가 떠나 버린 지금 내가 왜 그들이 유년 시절을 보낸 집에 관리인처럼 앉아 있어야 하는지 이유를 모르겠어. 가구를 봐, 방에 있는 의자와 탁자의 상태를 지켜봐, 먼지를 뒤져. 물론 일 년은 기다릴 수 있고, 게오르그의 기일을 지내고 결정을 내려도 되지. 하지만 왜? 그들 둘 다 이사 들어올 생각이 없고, 게오르그는 지금으로부터 일 년이 지나든 삼 주가 지나든 죽은 사람이야.

난 장례식에서 울지 않았어, 아마 그래서 내 기분이 대체 어떤가 의심하는 거겠지. 나는 울기를 다 마쳤어. 병원에서 돌아왔을 때 밤새도록 울었어, 그러다 불을 하나도 끄지 않은 채 소파에 누워 잠들었지. 침대로 갈 수 없었는데 그 사람 때문은 아니었어. 그 사람이 그 침대에서 죽어서는 아니야, 몇 주 동안 내가 시트를 갈지 않았다는 게 증거야. 나는 게오르그의 체취를 더 이상 맡을 수 없을 때까지 그 시트에서 잠들었어. 바로 이 부분이 내가 너한테 이야기하고 싶었던 거야, 게오르그의 체취. 넌 어쩜 누군가의 체취를 묘사할 줄도 모르면서 그 사람에 대해 잘 알 수 있지? 그의 체취는 내 기억 속에서 현실이야, 거기 머물러 있어, 묘사되지 않은 채로. 그랬지, 그리고 이젠 더 이상 아니야, 말없는 추억일 뿐이지.

하지만 그들은 내가 냉정하다고 생각하나 봐, 네 아들들 말이야. 왜 내가 충격을 받았다고 생각하지 않을까? 내가 충격을 받았다고 말해야 하지 않을까? 문제는 내가 스스로 그 말을 할 수가 없다는 거야. 충격에 빠진 사람이 침착하게 부동산 중개인의 연락처를 찾아보나? 변호사가 감정인을 보내기 전에 내가 중개인에게 연락해서 집을 매물로 내놓은 게 문제야. 사건이 일어난 순서가 너도 알다시피 결코 내게 유리하지 않았지. 사건이 일어나는 순서에 정해진 기준이나 원칙이 있나? 누가 이 남자 아니면 저 남자를 먼저 사랑했어. 사랑이었어, 스테판이 좋아하는 표현을 쓰자면, 그게 핵심이야. 스테판과 모르텐이 얼마나 달라졌는지 이상해. 아무도 그들이 쌍둥이라고 생각하지 않을 거야.

사랑이었어. 이제는 아닌가? 그래, 사랑은 그 남자와 함께 죽어 버리지 않고 오랫동안 퍼덕이면서 빈방 한 줄기 햇살 속에, 먼지 알갱이를 향해 나아가겠지? 사랑이 더 이상 감정 그 자체가 아니라 감정의 기억이 될 때는 언제일까? 난 너를 사랑했어, 안나, 그리고 내 사랑은 내 분노보다 더 컸어. 우리 중 누구도 알 수 없었지. 나는 네 자리에서 게오르그를 사랑하게 됐어, 물론 나도 그렇게 되리라곤 생각하지 않았을 거야. 그런데 그가 없는 고요한 방에서 사는 건? 무슨 이유에선지 그건 감히 생각도 할 수 없는 일 같아, 나는 그 이유를 알고 싶어.

내가 그러기까지, 핵심은 내가 어제 유언 집행자 사무실에서 열린 회의에 참석했고, 네 아들들의 응어리라고 해야 할까, 분노인지 실망 같은 걸 느꼈다는 거야. 어쨌든 변호사 사무실의 길고 반들거리는 탁자 주변에서 그 난처한 감정의 혼합물이 배어 나왔어. 딱 붙는 바지와 꼭 맞는 재킷을 입고 화장한 눈에 업무용 안경을 걸친, 쌍둥이의 또래로 보이는 여자가 있었어. 모르텐은 그 여자를 섹시하다고 느끼는 것 같았어. 모르텐은 정확히 진짜 부르주아였던 적은 없기 때문에 그런 종류의 냉정하고 자기 확신이 있는 여성에게 약한 게 아닐까 싶어. 스테판 같은 경우는 상대에게 휘둘리도록 자신을 내버려 두지 않았지. 늘 그렇듯 명료하고 곧은 모습이 여러모로 금융업계 종사자다웠어. 네 아들들 중 한 명은 투자 매니저가 되었어, 안나, 네가 상상해 봤을 거라고는 믿기지 않네. 또 다른 아들은 미술사학자야, 이건 아마도 거리감을 덜 느끼겠지. 바짝 경계하는 유언 집행자의 눈을 보고 그는 「진주 귀걸이를 한 소녀」를 생각했을지도 몰라. 집중해 달라는 말을 들었을 때 난 몽상에 빠져 있었어. 내가 집을 팔려고 내놓았다고? 그게 변호사가 물어본 거였고, 알다시피 질문을 던져서 무언가 사실을 확인하는 상황 같았어. 아니지, 당연히 넌 더는 모르겠지. 아무것도 몰라, 그리고 뭐든 이 일에 귀를 기울일 수 없지. 핑크색 귓불을 가진 네 예쁜 귀는 더 이상 없어.

내가 너에게 말을 건네는 건 터무니없지만, 만일 그러지 않으면 나도 묘비처럼 아무것도 아닌 게 되겠지. 내가 마음의 눈으로 보는 것들이 내 생각과 느낌으로는 조금도 울려 퍼질 수 없는 것처럼. 그리고 난 너를 사십 년 동안 봐 왔어, 안나. 넌 거기서 멈추었어, 하루도 더 나이 들지 않았지. 넌 정말로 뒤에 남겨졌어. 자, 내 입은 말라 버렸고, 그 무슨 비난을 받기도 전에 벌써 죄책감을 느꼈어. 난 그들의 몫을 주고 싶다고 말했지만 스테판이 내게 눈길을 주자 입을 다물었지. 스테판이 앞으로 몸을 기울였어, 그의 손가락 끝이 머무른 반들거리는 탁자 위에서 다섯 개의 작고 흐릿한 자국이 점점 줄어들더니 사라졌어. 그가 한 손을 들었는데 그 어투로 봐서는 어떻게 해도 알 수 없을 분노를 가라앉히는 듯했어. 우린 그 일에 대해 이야기를 나눌 수도 있었어. 물론 나는 원하는 만큼 내 집에 머무를 수 있었고, 또 돈 문제라면…… . 우린 언제든 그 일에 대해 이야기할 수 있었죠 하고 그가 반복해서 말했어, 그리고 모르텐에게 고개를 돌리자 모르텐이 고개를 끄덕였어.

변호사가 가를 수 없는 재산에 대해 말했고, 나는 집에 있는 우리 침대를 생각했어. 아직도 밤이면 가를 수 없는 정적이 얼마나 낯선지. 리넨 천, 베개 커버, 고운 면직물. 바꿔야 할 때였어. 한없이 외로운 몇 초 동안 내가 부풀어 올라 폭발할 것 같은, 가득 차올라 숨이 막힐 듯한 느낌이 또 들었어. 그래서 팔걸이를 잡아야 했지. 그런 상태는 적어도 내가 예상한 때에 닥쳐. 모양 없이 제멋대로 자라는 덩어리가 나를 메워서 슬픈 건데, 슬퍼하는 중이라는 말을 하는 건 상황을 얼버무리는 것밖에 되지 않지. 그게 나를 미치게 만들고 숨 막히게 해, 소중한 사람을 잃고 압박감을 느껴 보기 전에는 아무도 날 이해하지 못할 거야. 모양 없이 자라나는 슬픔 덩어리. 그래, 사람이 더 이상 그 사람이 아니라는 말은 진짜야.

나는 변호사를 딱딱하게 바라보았고, 그 문제는 더 이상 의미가 없다고 말하면서 눈을 깜박이지 않으려고 애썼어. 이미 거처를 마련했다고, 그달 말에 이사하겠다고 알렸지. 남아메리카 사람들이 시청 광장에서 팬파이프로 「엘 콘도르 파사」를 연주하는 소리가 들렸어. 우리가 얼마나 오래 앉아 있었는지 나는 몰라, 움직임이 없고 조용해서 마치 삼 주 전 성당에서처럼 시작을 위한 끝을 기다리는 것 같았어.

* * *

여름에 비가 오지 않으면 게오르그와 나는 자전거를 타고 스테판과 미가 사는 곳에 가곤 했어. 게오르그가 아무런 운동도 안 했던 건 아니야. 그 애들이 사는 집은 늪지대와 승마 학교 건너편에 있었고, 그래서 도중에 내려 자전거를 끌고 가야 했어. 평범한 지대 한가운데에 그늘지고 움푹 팬, 풀들이 막 자란 구역이 있었지. 나 혼자 갈 땐 가던 길을 멈추고 축사의 말을 보는 걸 좋아했어. 말의 몸통을 흐르는 선과 가죽이 햇빛을 반사하는 방식은 언제나 그러한 광경이 더해 줄 법한 것보다 나를 더 행복하게 해 주었어.

물론 스테판과 미의 집이 우리 집보다 더 크고 동네도 더 좋지. 으레 하는 소리야, 내가 사는 동안엔 세상이 앞으로 나아간다고 모두들 항상 당연하게 여겼으니까. 투자 매니저는 보험업자보다 돈을 많이 벌어, 심지어 게오르그도 그게 적절하다고 여긴 것 같아. 사건들이 임의로 일어나지 않는 영역이지. 부유하면 더 부유해지고. 그게 말이 되고. 그 반대는 거의 말이 안 되지만 스테판과 미는 자신들의 성공을 당연하게 여기면서 이를 고려조차 하지 않겠지. 그들이 이걸 대수롭지 않게 여긴다는 의미야. 우린 달라, 전쟁 직후에 태어난 우린. 우리 전두엽엔 작은 바늘로 꿰매어 붙인 메모가 있어. 다시는 가난해지지 말것. 그렇다 해도 넌 그들이 얻은 많은 돈이 그들 삶의 목적이어야 하는지, '시장'이 그들의 종교인지 궁금해할 수 있어. 그래, 난 나이가 들면서 사회주의자가 되었어. 미안해. 난 유럽 최후의 사회주의자야. 난 부자들이 자신들의 부로부터 자유롭지 못한 걸 이해할 수 없어. 있잖아, 미는 레인지 로버를 타고 빵집에 가야 해, 그저 자기가 차를 한 내 갖고 있다는 걸 이웃이 알았으면 해서 그러는 거야.

그들이 왜 게오르그와 나의 집에서 그토록 가까운 곳에 정착했는지 넌 이해할 수 없어. 만일 내가 그들이라면 도시 반대편 맨 끄트머리에 집을 샀을 거야. 게오르그는 굉장히 기뻐했어, 그러니까 처음엔 말이지, 그들을 그보다 더 자주 보러 갈 순 없었으니. 그리고 언젠가 한 여자가 수영장에서 내게 한 말을 전하자 그는 진심으로 놀라며 나를 보았어. 그 여자가 말하길 남편이 잘 보이고 애착을 가져야 할 사람은 아내의 가족이라는 거야. 스테판과 미를 보면 딱 맞는 얘기였어. 그 집을 산 건 미의 입장에서 보자면 미리 보상을 하려고 의도한 거나 다름없는 선택이었던 것 같아. 우린 지리적으로만 가까웠던 거야. 스테판이 우리에게 결혼을 알릴 때 난 심지어 좋은 시어머니가 되기로 결심했었지. 십칠 년 동안 나는 미와 아무런 교류도 없이 그저 빤한 말만 나누었어. 내가 미를 싫어한 건 아니었고, 미가 어떤 방식으로든 직접적으로 나를 거슬렀다고 생각하진 않지만 미의 마음은 결코 제 가족을 떠나지 않았어. 미의 부모는 여전히 왕과 왕비고, 미는 하루에도 몇 번씩 그들에게 연락해. 부모와 먼저 상담하지 않고서는 남편의 마흔 번째 생일에 건배를 제안할 수도 없을 거야.

알아, 안나, 내가 좀 지나치지. 어쨌든 나하고는 상관없어. 넌 더 잘했을 거야, 그리고 넌 내가 말하는 걸 듣고 싶지 않았을 텐데, 어쩔 수 없지. 어제저녁 그 집으로 자전거를 타고 가면서 이미 깨달았지, 이번이 마지막 방문이라는 걸. 물론 생일이나 견진 성사나 크리스마스이브처럼 아무도 열외가 없는 행사는 제외하고. 미가 하나에서 열까지 부모의 뜻을 따라서도, 그들이 거만하고 속된 사람들이어서도 아니야. 뭐랄까, 난 내가 무슨 말을 하는지 알아, 나 자신이 하층 계급 출신이라는 거. 하지만 엘리오트와 프란카 둘 다 말을 더듬는 이유가 뭐라고 생각하니? 네 손주들이야. 안나, 그게 걔들 이름이야. 내가 이 문제를 이야기하려는데 스테판은 절대 듣고 싶어 하지 않더라. 그의 아이들은 말을 더듬지 않아. 엄마가 할 말이, 해야 할 말이 아주 많다는 사실이 두려워 말을 더듬지 않고 문장을 완성하는 방법을 모르는 거야. 미는 어떻게 할지 가장 잘 아는 사람이고, 그들은 굉장히 사이가 친밀해, 미와 아이들 말이지. 미가 하는 얘기론 자기들끼리 못 할 말 같은 건 없다. 프란카는 네 살 때까지 모유를 먹었고, 열네 살인 지금도 여전히 그림자처럼 엄마를 따라다녀. 가끔 넌 그들이 침실에서 함께 킥킥거리는 소리를 들을 수 있을 거야.

내가 들어갔을 때 미는 부엌에서 팔을 휙휙 돌리고

있었어. 미가 두 팔을 벌리기에 뺨에 키스를 했어. 미의 손가락 사이사이에 듀럼 밀반죽이 묻었더라, 물갈퀴가 달린 것 같았지. 물론 피자는 홈메이드가 분명하겠지. 아무튼 미는 내가 이 집에 혼자 온 게 겨우 세 번이라는 걸 기억해 냈어, 그리고 급히 손을 씻더군. 미의 포옹을 받기 전에 나는 좀 오래 주저했어. 지금 미는 앙상하게 말랐어. 몇 년 전에는 오벨릭스처럼 뚱뚱했는데 살을 빼기로 결심했지. 미에게는 모든 게 결심이야, 계획 세우기. 미는 운동화를 신고 매일 아침 시를 가로질러 왔다 갔다 해, 스테판이 와인을 한잔 마시겠느냐고 물어보면 칼로리 섭취를 줄이기 위해 다른 걸 먹겠다고 하지. 늘 그랬듯이 문을 열어 준 건 스테판이었어. 미의 부모가 도착하면 미는 그들을 보러 정원으로 뛰쳐나가. 내가 쩨쩨한가? 맞아, 하지만 그게 가족이니까, 안나. 우리가 가족이라는 잣대로만 우리 자신을 판단한다면 우린 속 좁은 사람들이 되지. 넌 자리를 피한 거야. 우리가 얼마나 복잡해질 참이었는지 기억하니?

나만의 방을 처음 가졌을 때 말이야. 영화 속에서 연기하는 것 같았어. 처음에 나는 새 계단을 뛰어 올라가,

문을 잠그고, 낯선 복도와 나 혼자만의 문을 지났지. 쇤드레 파산바이에서 혼자 사는 여자하고 방을 빌렸어. 난 그곳이 멋지다고 생각했어, 말하자면 네가 아메리카바이에서 왔을 때처럼 말이지. 엄마는 내가 혼자 사는 여자를 떠나 다른 여자에게로 간 걸 이해하지 못했어, 둘 중 한 명이 내 부모라는 이유만으로 말이야. 난 열여덟 살이에요 하고 무뚝뚝하게 대답했고, 엄마는 더 이상 아무 말도 하지 않았어. 방 하나 반짜리 아파트에서 더 이상 나와 지내지 않게 되어 안도했으면서 그 마음을 숨겼을 거야, 하지만 집세를 내고 매일 드는 생활비를 혼자 감당해야 하니 걱정도 됐겠지. 아끼고 또 아끼며 돈을 모아라. 난 가게에서 일하고 저녁 수업을 들었어. 너와 난 아직 만나지 않았어. 난 세상에서 혼자였어, 그렇게 느꼈던 거지, 프레데릭스베르에서 베스테르브로까지는 겨우 십오 분 남짓한 거리였지만 말이야. 여전히 집이었지만 내가 가야 했던 것보다 필요 이상으로 더 자주 가고 싶은 곳은 아니었어. 우린 잘 지냈어, 엄마와 나 말이야, 그런데 요전에 일어난 일에 대해 서로 이야기를 끝내고 나선 쭉 입을 다물었지.

　나는 그리 자주 외출하진 않았어, 그럴 여유가 없었

어. 어쨌든 나는 내 방에서 저녁을 보내는 게 좋았어, 책을 읽거나 라디오를 들었지. 집주인을 방해하면 안 되니까 라디오 소리를 줄였어. 자유란 1963년 가을 쉰드레 파산바이의 내 방에서 더없이 무한한 거였어. 일요일이면 주로 국립 미술관에 갔어, 난 뭘 할지 몰랐거든. 그전에 그림을 본 적 없었지만 화가들은 내 친구가 되었어, 특히 내가 아는 뭔가를 그린 화가들, 반세기 전이라고 해도 말이야. 어부와 농부, 거리에 있는 사람, 혹은 굽이치는 목초지나 채소밭이 펼쳐진 풍경을 담은 그냥 시골 숲과 이랑. 미술관 홀에 서서 나 자신을 잊을 때면 나무 꼭대기 바람 소리와 시계추가 움직이는 소리도 들을 수 있다고 생각했어. 그림을 보는 게 교양을 얻는 일이라거나 좋은 취향이라는 생각은 해 본 적 없어. 그냥 좋았어. 모르텐이 그 길을 가게 된 이유도 그런 거라고 생각해, 그리고 이제 모르텐은 예술가들에 대해, 그들이 르네상스 화가인지 바로크 화가인지 알려 주지 못하는 일 같은 건 없어. 모르텐을 처음으로 글립토테케트 미술관에 데려간 날이 기억나. 그는 마네가 그린 「압생트를 마시는 남자」 앞에 한참 동안 서 있다가 그 남자의 왼쪽 다리가 고무로 만들어졌는지 물었어. 그 질문은 적절했어, 좀 더 가까이서 들여다보면 말이지.

모르텐은 늘 그랬듯이 미의 기분을 맞추면서 유용하고 친숙한 손님 노릇을 하느라 분주했어. 모르텐은 그다지 어울리지 않는 방식으로 꽤 번지르르하게 굴 수 있지, 특히 스스로를 깎아내리면서 말이야. 때로는 말을 하는 와중에도 마음을 바꿀걸, 미에게 맞춰 주려고. 그리고 연립 주택 좌측 동에 있는 집으로 돌아가면 좌파 성향답게 꽤 비판적이고 흠 잡기를 잘했지. 모르텐은 평소처럼 늦었어. 또 그는 테아하고만 오는 데 익숙해져야 했지. 프란카는 귓속말을 건넬 사촌이 있어서 눈에 띄게 안심한 모습이었고. 이번엔 모르텐이 테아를 맡을 차례였어. 크리스마스 전 그는 동료와 사랑에 빠졌다고 믿었었는데, 부활절이 다가오도록 여자는 남편을 떠날 준비가 전혀 되지 않았더라고. 그사이에 모르텐은 빠르게 밀려났어. 아마도 모르텐은 정말로 그녀를 사랑했을 거야, 그리고 어쩌면 일은 그렇게 되어야 했겠지, 아니 더 이상 물어볼 필요는 없어. 그땐 그랬고 지금은 지금이지. 그의 전 부인 이름은 마시아야, 하지만 이런 이름들이 모두 너에게 무슨 의미가 있겠어? 삶은 너 없이 흘러갔어. 세월은 급행 열차처럼 지나갔고, 열차 창문엔 새로운 얼굴들이 가득해. 네가 아들들을 알아볼지도 잘 모르겠다. 그때 그 아이들은 겨우 1학년이었으니. 성인이 된 그들의 삶이 어떤 모습일지 네가 상상해 보려고나 했을까?

스테판과 미의 집을 본다면 넌 아마 만족할 거야. 모두 검은색과 흰색으로 꾸미고, 1층은 거실과 부엌 공간을 만들기 위해 벽을 없앴어. 발전소 관제실 같지. 길이가 800미터쯤 되는 정찬용 식탁에 이리저리 흩어져 앉아도 되고, 소형 버스만 한 소파들 중 하나에 숨을 수도 있어. 유목(流木)으로 만든 커피 탁자도 있어. 위에 유리판을 덮어 두었는데, 아이들이 부모와 함께 혹은 부모 없이 찍은 사진들을 줄지어 세워 놓았지, 은제 액자에 안전하게 끼워서. 미의 부모 사진도 있고. 미는 특히 그 유목을 자랑스러워해. 미가 말하기를 그것엔 영혼이 있대, 나도 미가 맞다고 봐. 그렇지만 그 집의 어떤 부분들은 거북해. 내가 도착했을 때 엘리오트와 프란카가 제각기 소파 위에 널브러진 모습을 안 보려야 안 볼 수가 없었지, 마치 태양 아래 볕을 쬐는 나른한 바다표범들 같았어. 그동안 필리핀 사람인 오페어*가 식사를 준비하고. 아이들은 혼자가 된 나를 어떻게 대해야 할지 몰랐어, 엘리오트는 곧 스코틀랜드로 떠날 고등학교 수학 여행에 대해 잔뜩 들떠서 떠들어 대고. 아마 킬트를 입고 돌아오겠지. 잘생긴 아이야, 삼촌처럼 약간 몽상가고. 스테판은 아들이 축구를 하거나 여자아이들에게 키스를 할 때 말고 시를 읽을 때는 그리 편해 보이지 않아. 미는 모르텐에게 소파를 꼭 사야 한다고 권하는 중이었어. 사람은 누구나 소파를 사야 해요. 소파 없이는 집도 없어요. 미는 공동 양육권을 가지고 혼자 사는 모르텐의 새 인생을 돕고 싶어 했어, 그런데 모르텐이 아파트로 이사했기 때문에 당황하고 연민을 느끼는 것 같았지. 철로 근처 가난한 동네의 방 세 개짜리 아파트. 그래도 어쨌든 시를 벗어나지 않았다며 위로하는 말을 들었어.

게오르그가 남기고 간 빈 공간을 우리 삶이 벌써 다시 덮은 느낌이었어. 구멍은 여전히 그곳 표면 아래에 있

---

* 일반 가정에서 아이를 돌보거나 살림을 돕는 대가로 급여를 받으며 어학 공부를 하는 유럽의 국제 문화 교류 프로그램으로 현지 취업한 외국인.

어. 하지만 다른 사람들은 그 구멍을 기억할 때 몹시 후회하거나 정중하지, 혹은 둘 다거나. 그러고 나서 그들은 나를 보며 예의 바르게 목소리를 낮추고, 나는 그들이 나에게 무엇을 기대하는지 분명히 알지 못한 채 그들의 기다림을 감지하겠지. 그게 그들을 거북하게 만들 슬픔인지 아니면 또 다른 이의 슬픔을 접하고 느끼는 부끄러움인지(내 경우는 그래) 혹은 게오르그의 부재 속에서 우리에게 살금살금 다가온 완전히 다른 뭔가인지 나는 알 수 없었어. 스테판은 소위 남자답게 굴었고, 아버지에 대해 조잡하기만 한 말을 늘어놓았지. 이런저런 상황에서 게오르그가 했던 말, 행동. 스테판이 "아빠"라고 말했는데 마치 게오르그가 아기 때부터 그렇게 불린 것 같았어. 우린 그가 어떤 사람이었는지 말할 수 있었고, 건강하고 애정이 깃든 방식으로 웃을 수 있었어. 그가 언제나 돌아와서 손잡이를 밀던 방식 같은 거 말이야, 문이 잠겼다는 걸잘 알면서도 말이지. 사람의 행동에서 어떤 세세한 부분가은 거. 나는 우리가 마치 장애가 있는 사람에 대해 아주사려 깊게 이야기하듯 그에 대한 대화를 나누었다고 생각해. 망자는 패자로 간주된다는 걸 알게 되었지. 너무 유감스럽게도 게오르그는 그 자리에 없었어! 이게 핵심이었지, 우리의 경건함 밑에 깔린.

오랫동안 인정하고 싶지 않았던 일이 생각났어. 게오르그가 넌지시 암시할 때마다 나는 겁쟁이처럼 부인했지. 결국 네 아들들은 더 이상 아버지를 사랑하지 않았어, 안나. 아들들이 다 그렇다고는 할 수 없을 거야. 너하고 나는 그이가 수줍은 사람일 뿐이라는 걸 알지만 아들은 아버지를 멀게 느꼈던 것 같아. 갑자기 네 아이들이 서먹해졌어. 그들이 어릴 때 나는 내 자식처럼 대하려고 애썼어. 그 아이들이 자라는 모습을 보면서 나도 그 역할로 성장했지. 십 년간 그 아이들에게 나만큼 가까운 존재는 없었을 거야, 게오르그 말고는. 때때로 난 그들이 비밀을 털어놓는 상대였어. 무릎에 소독약을 발라 주었고, 그 앞에서 화를 냈고, 어릴 땐 소년의 가녀린 어깨에 손을 얹었지. 인사할 때는 상대의 눈을 봐야 한다고 기르쳤고, 별자리를 알려 주었어. 사랑은 그렇게 자라나지, 온갖 것에 몰두하는 동안. 게오르그의 집으로 이사를 간 직후에 아이가 하나가 아닌 둘이라는 걸 알고 충격을 받지 않았느냐고 물어보았어. 그 사람은 둘 다 똑같이 사랑할 수 없다는 점을 두려워하지 않았을까? 그이는 웃으며 고개를 저었어. "사랑을 그냥 더 많이 하는 거야." 나는 한참 동안 그 말을 생각했어. 만일 그 사람이 옳다면 네 아들들의 사랑도 다시 자라날지 모르지.

나는 아이들을 사랑하게 됐고, 이윽고 아이들도 내 사랑에 응답했어, 하지만 그 사랑을 받고 자란 어른을 사랑하는 일이 늘 쉬운 것 같지는 않았어. 그들이 게오르그에 대한 일화를 주고받는 걸 들을 때도 그랬지. 그들의 편안한 애도 모임에 참석해 앉아 있는 동안 난 그들에 대한 내 사랑이 과거의 뭔가임을 알게 됐어. 감정 그 자체가 아니라 감정을 추억하는 거였어. 게오르그가 살아 있는 동안은 이 사실을 알아도 지나칠 수 있었고, 그가 수줍어 표현하지 못한 것들을 내가 대신 전하느라 바빴어. 친밀함, 사람들 사이의 엮임, 웃음, 이 모든 걸 전했어. 이제 난 그냥 앉아 있었어.

스테판과 그 가족을 방문하면 종종 이렇게 앉아 있었어. 그들은 자신들과 무엇이든 그들이 열중하는 어떤 화제로 그 큰 집을 쉽게 채울 수 있었어. 학교와 직장 이야기, 뭔가 새로 손에 넣을 계획이나 이국적인 휴가 계획.

그들은 언제나 그들끼리 앞서 나갔고, 아마 게오르그도 때때로 내가 느낀 걸 똑같이 느꼈을 거야. 우리가 있으나 마나 한 존재였다는 말은 너무 지나칠지도 모르겠어, 하지만 끼어들지 못했어, 내 말이 무슨 뜻인지 네가 안다면 말이야. 그들은 자기들만으로도 차고 넘쳤어, 스테판과 미와 아이들. 그리고 또 가끔가다 우리가 거기 있다는 사실을 깨닫고 정말 놀라는 것 같았다니까. 스테판이 갑자기 내 쪽으로 눈을 돌렸을 때처럼. 난 그가 무슨 말을 하려는지 바로 알았어. 내가 오기 전에 그들이 내 이야기를 했을 거란 느낌을 내내 받았어. "엘리노르, 당신의 새 아파트에 대해 말해 주지 않을 건가요?" 그들에게 내 이름으로 불러 달라고 부탁했지, 네가 있었어야 하는 침대에서 너의 오랜 벗과 함께하게 된 모든 것이 새롭고 민감하게 느껴지던 시절에. 그 침대에서 넌 계속 거짓말을 이어가야 했겠지. 난 그런 의미에서 널 대신하러 하진 않았어. 난 그들에게 엘리노르였어, '아줌마'라는 호칭은 빼먹었지만.

스테판의 어투엔 뭔가가 깔려 있었어, 난 스테판이 마치 나의 소유인 것처럼 그에 대해 잘 알아. 뭔가가 있어, 그걸 뭐라고 불러야 할까? 사디즘이라고 부르는 건 물론 너무 세지, 알아. 미가 나를 도우러 나섰어. 미는 내가 왜 집을 팔고 새 출발을 하고 싶은지 이해한다고 말했어. 그 집은 어쨌든 너무 크다고, 심지어 두 사람에게도. 미의 미미한 지지 발언은 그들이 내 얘기를 꽤 나누었다는 걸 무심코 인정하는 거였어. 그게 아니면 달래는 듯한 말로 스테판과 나 사이에 끼어들 필요가 있다고 생각하지 않았겠지. "내가 이해가 안 된다고 말했나?" 스테판이 일부러 웃는 모습이 거의 위협적으로 보였어. 게오르그와 내가 사실은 집을 팔고 시내 중심가 아파트를 찾을 거라고 말해 왔는데 스테판은 이 사실을 잊었나 봐. "우린 좀 놀랐을 뿐이에요, 모르텐과 나는, 그 사실은 인정할게요." 스테판은 자신이 하는 말 한 마디 한 마디가 너무 무겁고 날카롭다는 걸 느꼈겠지. "안 그래, 모르텐?" 동생은 형수를 흘깃 보고 목소리를 가다듬었어. "음, 당신이 원한다면 나도 이해해요……. 삶은 계속되어야 하니까……." 모르텐은 자신이 쓴 상투적인 문구에 당황했지만 어쨌든 난 마음이 따뜻했어, 모르텐이 협박을 당해서 그런 식으로 협력하진 않을 테니까.

"아메리카바이에 아파트를 샀어." 나는 말을 꺼낸 다음 잠시 두 아이의 눈을 들여다보았어. 아이들이라고 했어. 스테판은 지난 십 년 사이에 머리가 벗어졌지, 모르텐은 그동안 다초점 안경을 썼고. 그들은 이미 알고 있었어, 일요일 저녁 식사 자리에서 알리는 건 순전히 형식적이야. "샀어요?" 미가 말했어, 일부러 눈을 크게 뜨더군. "엘리노르는 돈이 있고……." 스테판이 무심히 말하려고 가식적으로 애쓰는 모습에 내가 짜증이 났다는 걸 인정해야겠어. "그 돈은 네 아버지와 아무 상관 없어." 내가 말했어, 그가 애쓰지 않길 바라며. 다행히 다른 사람들은 놀란 것 같지 않았어. "아메리카바이, 거긴 아마게르에 있지 않나요?" 모르텐이 물었어. 그는 편견 없는 사람으로 보이길 바랐어, 마치 코펜하겐 지도에 거리 이름이 모두 그 자체로 편견 없이 적혀 있듯이 말이야. "베스테르브로." 내가 정정했어. "당신은 베스테르브로 출신이죠, 안 그래요?" 미의 눈이 더 커졌고, 활짝 미소를 지었어. 미는 할렘이나 지옥을 입에 올리는 편이 나았을 거야. 흥미진진, 바로 그게 미의 과장되고 곧 이어질 찡그린 표정에 담긴 메시지였으니까. 누가 알겠냐만 아무튼 나는 내가 나이프와 포크 쓰는 법을 잘 안다는 걸 한 번 더 증명해 보이고 있었어. "엘리노르는 아메리카바이에서 자랐어." 스테판이 씁쓸하게 말했어. 미묘하게 이를 악문 건 내 초라한 출신에 대한 애도였는지, 아니면 미의 오만한 무지를 비웃고 싶어서였는지 모르겠어. 어쨌든 나는 미가 어른이 된 이래로 서로 알고 지냈어. 아마도 스테판이 거만한 태도로 입을 오므리는 건 별것 아닌 약간의 신상 정보를 알아서겠지. 나는 그의 말에 뭐라고 하지는 않았어. 스테판과 모르텐은 자라면서 새엄마가 빈민가 출신이라는 걸 알게 됐지.

"그런 동네에서 당신이 뭘 원하는지 전 정말 이해할 수 없어요." 스테판이 말했어. "예전 모습은 더 이상 아니죠, 당신이 어렸을 때처럼 이 사람 저 사람 잡다하게 뒤섞인 곳일 거란 사실을 제외하면. 하루걸러 한 번씩 총소리와 조직 폭력 범죄에 관해 듣죠. 집 밖을 나가면 언제나 마약 중독자들과 성매매 하는 여자들과 무슬림들에 둘러싸여 있을걸요." 미는 고개를 저었어. 나는 웃지 않을 수 없었어. "엘리노르가 유년 시절을 보낸 동네로 돌아가길 원한다면 그건 엘리노르가 정할 일이라고 생각해." 미가 이야기를 꺼냈어. "물론." 스테판이 말했어. "우린 아메리카바이를 방문할 수 있겠지……." 미는 스테판을 한참이나 바라보았어. "거긴 우리가 아이들을 보낼 만한 곳이 절대 못 돼." 스테판이 더 차분하게 말을 이어 갔어. "아이들이 납치당할까 걱정되니?" 나는 가볍게 농담을 하려고 했지. "만일 그렇게 되면요?" 스테판이 내 눈을 똑바로 쳐다보았어. "아니면 네가 아이들을 어디든 차로 데려다줄 수 있어." 내가 말했어.

우린 침묵했어. 나는 엘리오트와 프란카를 바라보았어. 침묵을 깨니 내가 배신자 같다는 생각이 들더군, 게오르그뿐만 아니라 나 자신을 배반한. 맨 처음 떠오른 주제를 꺼냈어. "여름엔 어떻게 지냈니?" 아이들은 그 주제를 붙잡고 무쟁*에 사는 할아버지 할머니와 그들의 새 인피니티 풀에 대해 동시에 이야기하기 시작했어. 미는 자기 부모가 해 준 것들에 대한 자부심을 감추지 못했어. 엘리오트는 수영장이 골짜기로 바로 헤엄쳐 갈 수 있는 것처럼 보였다고 말했지. "토하는 줄 알았어요." 프란키기 말

---

* 프랑스 남동부 니스 근처의 소도시.

했어. "최고로 멋졌어요." 엘리오트는 알프마리팀*에서 보낸 여름에 빠져들었어. "그나저나 할머니와 할아버지가 안부를 전하셨어요." 엘리오트가 말하고 나서 침을 삼켰어, 할머니 할아버지 이야기를 너무 오래 했다는 생각이 들었나 봐. "저희 부모님은 장례식에 참석하지 못해 무척 안타까워 하셨어요." 미가 말했어. 탁자 위로 팔을 뻗어 내 손등을 두드렸지. 내가 포크를 얼마나 꽉 쥐었는지 느꼈을 게 틀림없어. 안나, 어떻게 미에게 설명해야 했을까? 난 신경 쓰지 않는다는 걸, 미의 부모는 인피니티 풀을 언제까지나 헤엄칠 수 있을 거라는 걸 말이야. 나는 죄책감을 느꼈어. 내가 소심한 미소를 지어 보이지 않았기 때문에 미는 자기 부모가 무쟁에서 장례식장에 와 나에게 조의를 표하지 못한 걸 사과해야 했거든. 부부 사이의 기울어진 권력 관계 탓에 장인 장모에 대한 어떤 비판도 할 수 없었던 스테판이 이 일에 대해 반감을 드러낼 수 있지 않을까 하는 생각이 떠올랐어.

기이하게도 이번 경우에 내가 양심의 가책을 느낀

---

* 지중해와 맞닿은 프랑스 남동부 지방. 유명한 휴양지가 몰려 있다.

이유는 모른 척하지 않아서였어. 복잡해, 안나. 네 것이어야 했던 가족에게서 난 언제부터 발을 빼기 시작했을까? 그저 내 마음만 그런 걸까? 혹시 걔들에게도 뭔가 있을까? 세월이 흐르고 나니 결국 난 맞는 사람이 아닌 것 같아. 그들은 지금까지 몰랐을까? 이제 게오르그가 더 이상 이곳에서 날 도와주지 않기 때문일까? 난 언제 다시 이방인이 되었지? 내내 그랬나?

* * *

집으로 자전거를 타고 오는 동안 그 사람이 그리웠어. 언제나 그립지만 그리워하는 건 매번 달라. 침대 위에선 내 곁에 누운 그의 육체가, 익숙한 방들에선 그의 발걸음 소리가, 그의 익숙한 음색이. 그 사람이 없으면 거긴 그냥 어떤 장소일 뿐이야. 그이가 한숨을 쉬는 방식은 피로나 절망의 표현이 아니라 말하자면 침착함을 보여 주는 공기 밀어내기 효과야. 이 세계에 한 사람이 존재하는 소리. 내가 사랑한 남자. 땅거미 속에서, 늪지를 통과하는 길 위에서, 나와 이야기를 나누거나 혹은 그냥 가만히 내

이야기를 듣기만 할 그 사람을 그리워했어. 내 목소리가 들리는 곳에, 대답을 하지 않는다 해도 내 목소리를 들으면서 그 어둑어둑한 곳에 그 사람이 서 있음을 아는 것을. 그이는 수줍은 성격이라 무엇인가에 바로 반응하는 사람이 아니었어, 내 말에 화가 나는 게 당연한 상황을 제외하면 말이지. 나나 그 사람 스스로 인정하고 싶지 않겠지만 말이야.

9월은 벌써 낮이 짧아, 특히 나뭇가지로 뒤덮인 좁은 길은 더 그래. 9월을 기억하니? 네가 내 말을 듣지 못하는 곳에서 9월이 무슨 의미가 있을까? 바로 그 이유로 내가 말하지 않고 있는 걸 게오르그가 알지 못하는 것처럼 말이지. 그날 아침엔 비가 내렸고, 어두운 길은 더욱 어두웠어, 하지만 이제 더 이상 그걸 어둡다고 할 수조차 없을 거야, 내 머리 위의 희미한 보랏빛 반짝임을 제외하면 주변이 거의 그랬으니까. 보이지는 않지만 말 한 마리가 목초지에서 힝힝거렸어. 곧 그 말은 승마 학교의 마구간에서 밤을 보내게 되겠지, 금이 간 포석에 발굽을 짜증스럽게 긁어 대며. 여전히 축축했고, 바퀴 아래에서 길이 쉭쉭 소리를 냈어, 한 대 말고 두 대의 자전거가 내리막길 끝을 향해 언덕 아래로 달려 내려갔다면 그 소리는 약간 더 크게 들렸을 거야, 살짝 취하는 느낌을 자아내면서. 전에 저녁 시간에 반대 방향으로 언덕을 오르다가 작은 개구리들을 보았어. 어쩌면 그중 한 마리를 쳐 버렸을지도 몰라, 느낌도 없고 소리도 듣지 못한 채. 개구리들이 자러 갔기를 바랐는데, 그러고는 동화책을 상상하며 웃지 않을 수 없었어, 침대에 누운 개구리라니, 흙더미 속의 알려지지 않은 삶, 온갖 평계에서 달아난. 아주 잠깐 뒤에서 그 사람을 느끼고는 눈에 눈물이 고였어, 몸을 조금 숙이고 약간 구부정한 자세로 어깨엔 스웨터를 묶고서 가을이 짐작도 못하는 사이에 다가왔지만 전혀 추위를 느끼지 않는 모습이었지. 그이는 사랑과 반복이 누구든 반듯한 사람으로 돌려놓을 수 있다고 정말로 믿었어.

그이가 네 남편이던 시절에 그를 만났을 땐 그가 다른 뭔가가 될 거라고는 전혀 상상하지 않았어. 우리 상상력만큼 한정적인 건 없는 것 같아, 비록 우린 오랫동안 그 반대라고 믿었지만. 난 나 자신에 대해 그만큼 알았고, 게오르그와 같은 침대를 쓰게 될 거라고 생각해 본 적 없었어. 내가 좋아한 남자는 몸도 다르고 이름도 달랐어. 난

41

헨닝이 어떤 모습이 되었을지 상상이 안 돼, 어느 날 아침에 돌로미티산맥의 호텔에서 마지막 작별을 한 여전히 젊은 여자로만 너를 상상할 수 있듯이. 내겐 그게 마지막 인사일지 모른다고 생각할 이유가 없었어. 오늘날 어느 젊은 남자의 이름이 헨닝이라니 있을 법한 일 같지 않아. 이제 젊은 남자는 자신을 엘리오트라고 부를 수 있고 인피니티 풀이 뭔지 알겠지.

헨닝은 큰 키에 가무잡잡하고 몸을 움직일 때 좀 신경질적인 구석이 있었어. 선박 회사 수습사원이었는데 곧 사무장이 됐지, 아주 유망했어. 넌 헨닝의 짙은 머리카락에 은밀히 반했니, 1960년대의 창백한 코펜하겐에서 짙은 색으로 네 흥미를 끌었어? 우린 그때까지 서로 몰랐어, 너와 나 말이야. 나는 여전히 쉰드레 파산바이에 살았어. 헨닝과 데이트하고 나서 함께 집에 올 엄두가 나지 않았지, 비록 그가 그러길 원했지만. 같이 사는 여자는 자기만의 규칙이 있었는데 첫 번째 규칙이 방에 남자를 들이지 않는다는 거였어. 그러나 그는 나를 원했고, 나는 그의 의지에 매혹됐어. 그렇게 매혹되면 나는 종종 내가 그 매혹의 대상이라는 걸 잊었어, 아마도 처음엔 완전히 믿지 못해서였겠지. 사람은 헨닝처럼 열의를 가지고 대단히 많은 것들을 원할 수 있어야 해, 그럼 왜 나일까? 헨닝은 이른바 잘생긴 친구였어, 물론 넌 다 알지. 미안, 안나. 그런 뜻은 아니었어. 아니면 내가 그런 뜻으로 말했나? 헨닝을 어떻게 만났는지 너에게 얘기한 적 있니? 어느 여름날 벨뷰로 가는 길목에 있는 아이스크림 가게 앞 자전거 인파 속에서 만났어. 달콤하지, 안 그래? 나는 퇴근 후 몇몇 소녀들과 함께 자전거를 탔어. 몇 번 만나고 나자 우리가 커플이 될 거라고 생각하기 시작했지.

아마 헨닝의 사연이 효과가 있었던 것 같아, 내 사연과 닮았으니까. 헨닝은 친척이 없고 엄마와 함께 단둘이 살았어. 그는 질랜드 어딘가에 있는 기숙 학교를 다니게 됐지. 토요일 아침이면 코펜하겐으로 가는 기차를 기다리며 작은 마을 역에 서 있었단 이야기를 했어. 확성기 소리가 철도 건널목에서 종소리와 뒤섞여 들려왔지. 기차가 들어오고 있습니다, 놓치지 마세요. 그는 기차가 드디어 호밀밭과 목초지 사이로 접근하기 전 철로에서 나는 쉭쉭 소리 같은 걸 처음 들었을 때 속이 거북했대. 호밀밭과 목초지는 빙하기의 빙하에 떠밀려 형성된 진흙투성이 자갈

밭이었지, 4월 여느 아침이면 하늘에 떠 있는 구름들만큼 물결치고 굴곡진 모습이었고. 헨닝은 이 모든 걸 어떻게 이야기할지, 어떻게 특별해 보이도록 만들지 알았어. 기억하니? 코를 간질이거나 묻을 수 있는 말갈기를 연상시키는 그의 짙고 거친 머리칼만큼이나 나는 그가 하는 말들을 좋아하게 됐어. 헨닝이 나를 집에 데려갔어. 가죽 공장이 있는 카스텔스바이의 불길한 느낌을 주는 아파트였는데 모든 게 무척 우아하고도 초라했지. 처음에 난 헨닝의 어머니가 무서웠어. 검은 드레스를 입은 모습이 다른 시대 사람 같았고, 악수를 할 땐 거대한 새가 발톱으로 나를 꽉 붙잡는 느낌이 들었거든. 우리 아버지도 내가 어렸을 때 돌아가셨다고, 기억이 나지 않는다고 말했어. 다행히 그들은 더 이상 질문하지 않았지만 나는 아메리카바이에 헨닝을 데려가 소개하게 됐어. 엄마는 아주 자랑스러워했어, 우리가 온다며 할 수 있는 모든 걸 했지. 나는 부끄러웠고 그런 내가 더욱 부끄러웠어.

우린 어디서든 둘만 함께 있을 수는 없었어. 그땐 그랬다니까, 안나. 네가 그 시대를 살지 않았다면 오늘날엔 거의 이해할 수 없는 일일 거야. 우리가 눈에 안 띄게 만

난다고들 여겼겠지, 말하자면. 우리는 영화를 보러 갔고 옆에서 깜박이는 무의미한 이야기의 빛 속에서 키스를 했어. 우린 주인공이었어, 난 그런 기분을 전엔 느껴 본 적 없었어, 마치 내 인생이 무언가 의미 있는 것 같은 기분. 기회가 왔지, 집주인이 일주일 동안 푸넨에 사는 자매를 방문하러 간 거야. 이 이야기를 몇 번 네게 꺼내려고 했지만 한 적은 없어. 떠날 때가 되자 그녀는 문간에 서서 나를 믿는다고 말했어. 나는 크게 당황해서 인사를 하며 당연히 잘 알겠다고 했지, 그리고 두 시간 뒤에 헨닝이 초인종을 눌렀어. 우린 그녀의 거실이 우리 것인 양 앉았어, 우리만의 집을 산 것처럼. 그가 나를 꽉 안았어. 애무를 했고, 조심스럽게 하겠다고 약속했어. 결국 난 받아들였지. 처음이었어, 정말로 그랬어. 다른 때 같으면 우린 서로를 더듬기만 했어. 콘돔이 찢어졌어, 물론 일은 잘 끝났지.

헨닝은 무척 후회했고, 몇 주 지나 내가 임신했다고 말하자 바로 결혼하자고 했어. 헨닝이 얼마나 충동적이었는지, 하지만 넌 다 알지. 그는 정말로 좋은 사람이었고 난 여전히 그를 사랑했지만 어찌해야 할지 몰랐어. 선박 회사 상사에게 결혼할 거라고 알렸는데 회사에선 수습

기간을 끝내고 직원으로 일할 때까지 기다려 달라고 했어. 헨닝은 왜 바로 결혼해야 하는지 말할 수가 없었지. 다행히 헨닝에겐 마찬가지로 곤경에 빠졌고 어떤 주소를 알려 줄 수 있는 친구가 있었어. 우리가 바란 대로 일이 잘 풀리진 않았지만, 더 정확히 말하자면 잘 안 풀린 게 분명했지만 우리는 몇 년이 지나도록 몰랐어. 친구들이 밤과 적포도주를 먹으러 게오르그와 너에게 데려갈 때만 해도 우린 언젠가 아이를 갖게 될 거라고 여전히 믿었어.

안나와 게오르그. 너흰 이야기를 들어 주는 사람들이었어. 둘은 이미 결혼했고, 녹음이 우거진 교외의 현대적인 동네에 노란 벽돌로 된 아파트를 가지고 있었지. 게오르그는 차가 있었어. 넌 검은 머리칼에 성이 이탈리아계였어. 아무도 네 아버지가 전쟁 중 가난을 피해 북쪽으로 표류해 온 살레르노 사람이라는 걸 몰랐어. 그는 이후에 온 수많은 이주 노동자들처럼 할 수 있다면 뭐든 가지려 했지. 아무도 출신지가 어딘지 묻지 않았어, 지금도 나는 우리 뿌리는 미래에, 미래에 대한 꿈에 있는 것처럼 행동하는 우리 같은 사람들을 다시는 만나지 못했어. 너를 만났을 때 우린 새 시대의 손님이 된 기분이었어. 하얀 벽, 환하고 세련된 가구, 루이지애나에서 온 예술 포스터를 끼운 스냅 사진 액자. 게오르그가 우리 셋보다 여덟 살 가까이나 많다니 흥미로웠어, 언제나 침착한 걸 제외하면 그렇게 보이지 않았거든. 나는 재클린 케네디 풍의 옷을 입은 네게 감탄했지. 네 영혼과 허리와 엉덩이에 감탄했어. 내가 제대로 기억하는 거라면 밤과 적포도주와 전축에서 흐르던 나나 무스쿠리와 함께한 첫날 밤 우린 벌써 친구가 되었어. 나는 너무 들떠서 헨닝이 함께 있다는 사실을 완전히 잊었지. 내가 말하고 또 말했기 때문에 넌 몇 번이나 양해를 구해야 했어, 심지어 네가 새로 온 손님에게 인사를 하고 침대에 코트가 쌓여 있는 침실로 그들의 코트를 옮기려고 복도로 이미 몸을 틀었을 때조차도 그랬어. 기억나니? 난 우리가 무슨 이야기를 했는지 알고 싶어.

우린 언제나 서로 알고 지냈던 것 같았고, 곧 굳건한 4인조가 됐지. 안나와 게오르그, 엘리노르와 헨닝. 너는 내게 이십 년 전엔 누구나 알았던 티라미수 만드는 법을 가르쳐 주었어. 나와 함께 웨딩드레스를 보러 갔고, 드레스를 고르는 동안 내가 괜찮다면 네 것을 입어도 된다고 가볍게 일러 주었지. 우리가 돈이 없다는 걸 알았겠지만 넌 결코 내가 궁지에 몰린 기분이 들게 하진 않았어. 주말이면 우린 게오르그의 르노 4를 타고 수영을 하러 호른베크에 가거나 살구버섯을 따러 그립스코우에 갔어. 네 바구니는 언제나 가득했어. 너의 모든 것이 풍부하고, 따뜻하고, 생기 넘쳤다니까. 헨닝이 이해가 안 되는 건 아니지만 아무것도 눈치채지 못했어.

우린 결혼했고 곧 너와 게오르그가 사는 곳 맞은편에 아파트를 구했어. 우리가 부엌 창문에 서 있으면 네가 발코니에서 손을 흔들 수 있었지. 우리가 서로 자주 만났으니 너와 헨닝은 네 집이나 우리 집에서 우연히 함께할 기회가 틀림없이 아주 많았겠지. 난 생각도 해 보지 않았어. 물론 나도 게오르그와 둘만 함께할 때가 있었지만 내게 게오르그는 그저 친절하고 조금은 수줍어하는 친구였고, 얼룩덜룩한 얼굴에 온화한 성격으로 실용적인 것이라면 뭐든 꾸준하게 관심을 기울이는 사람일 뿐이었어. 수도꼭지에서 물이 떨어지거나 전기 드릴이 필요하면 우린 언제든 게오르그를 부를 수 있었어. 그는 헨닝에게 자국을 남기지 않고 책장을 칠하는 법을 가르쳐 주었어. 난 헨닝이 게오르그에게 무엇을 알려 주었는지 알지 못하지만 헨닝이 마음껏 상상의 나래를 펼칠 때 게오르그가 즐거워하고 좀 믿을 수 없다는 표정을 짓는 걸 보고 재미있어한다는 걸 알았어.

헨닝을 더 많이 알수록 나는 그를 더 좋아하게 됐지. 헨닝은 회사 배로 몇 차례 항해를 했고, 배가 머문 남아메리카의 도시들에 대해 말해 주었어. 일등 항해사가 병원에 가야 해서 일주일 동안 몬테비데오에 머무른 적이 있었어. 그때 항해 중에 쓴 일기를 내게 읽어 주었지. 헨닝이 하는 말을 들으면 알록달록한 일본식 종이꽃이 생각나, 물컵에 넣으면 피어나는 종이꽃. 그가 일기를 읽어 주었을 때 몬테비데오 같은 단어가 내 머릿속에서 펼쳐지고, 그래서 그곳에 가 본 적 없어도 모든 걸 아주 선명하게 볼 수 있었어. 배 타는 일을 하기 전에 헨닝은 시를 썼어. 시들이 출판되길 꿈꾸었지만 물론 불가능한 일이었지, 그는 웃으면서 말했어. 나를 사랑한다고, 나와 아이를 갖고 싶다고 계속 말했어. 우린 노력했지. 내가 시간을 좀 가진 다음에 검사를 받아서 확실한 답을 얻기 전까지 노력하고 또 노력했어. 그는 밤새도록 나를 안아 주고 그런 건 중요하지 않다고 속삭여 주었어, 난 그가 거짓말을 한다는 걸 알았지.

삶은 거의 모양을 갖추고 있었어. 우리 외롭고 쓸쓸한 어머니들은 제 몫이 없는 세계에 손님으로 왔지. 나는 《베를링스케 티덴데》 광고부에 일자리를 얻었어. 월급은 어디 내세울 만한 액수가 아니었다 해도 최소한 생계에 도움이 되었어. 또 나는 일을 하는 짬짬이 방을 세놓거나 중고차를 팔거나 누군가 사랑에 빠지길 원하는 잘 모르는 삶을 들여다보는, 작은 구멍 같은 생활 광고들을 보며 즐거웠어. 집에 갈 때 나는 지하 창문 너머로 거대한 인쇄기를 보는 걸 좋아했지, 몇 시간 내에 빈방, 오래된 차 혹은 마음이 외로운 사람의 사서함 번호가 엄청난 수로 인쇄되어 사방에 뿌려질 테니까. 나는 늘 어떤 야망도 없었고, 너는 그 점 때문에 나를 나무랐지. 임신을 하면서 경력에 대해선 생각조차 하지 않았던 네가 말이지. 내 자궁이 망가졌다는 얘기를 들은 지 반년쯤 지났을 때였어. 네게 말하지 않았어. 처음엔 너무 혼란스러웠고, 나중에 네가 임신했을 땐 네 기쁨을 망치고 싶지 않았어. 너는 언제나 관대했지, 언제나 공감할 준비가 되어 있고, 네가 행복하면 나도 그렇길 바랐어. 나 또한 시기하는 마음 없이 기쁘다고 말했을 때 내가 정직했다고 생각해.

임신이 네게 끼친 영향을 내가 좋아하지 않았다는 게 도움이 되었을지도 모르겠네. 너는 움직임이 느려지고 무기력해졌지, 계속 매력 없는 표정을 지었어. 하지만 무척 행복했어. 게오르그도 행복해 보였어. 한때 매력적이었던 네 몸의 허리와 엉덩이 대신에 말뚝 위에 지은 집이 걸어 다니게 되기까지 게오르그는 자신이 욕망하는 대상이 달라진 모습을 보면서 얼마나 열광하고 있는지 수많은 몸짓으로 보여 주었어. 이런 식의 생각에 난 부끄러웠고, 모든 면에서 불임이 되어 버린 게 틀림없다고 스스로에게 말했어. 헨닝이 너의 풍만한 몸매를 황홀한 시선으로 바라보는 걸 알았다면 헨닝이 눈치채고 시선을 떨어뜨릴 때까지 그를 계속 쳐다보았을 거야. 나는 더 부끄러워졌어, 좋은 사람이 되려 노력해도 뭔가 거짓이라는 생가이 들었고 결국 넌더리가 났어.

산부인과 병동에서 너를 보았을 때 넌 그보다 더 아름다울 수가 없었고 넌 하나가 아니라 두 아기와 함께 침대에 앉아 있었지. 넌 스테판이건 모르텐이건 둘 중 하나를 우리에게 건네야 했어. 그건 내가 아니라 헨닝에게 더 나쁘다는 생각이 들었지만, 헨닝은 아마도 네가 보여 준 풍경이 스스로에게 어떤 의미였는지 몰랐을 거야. 아파트가 너무 좁아져서 네가 이사하기 이전에 그가 너에 대한 환상을 품기 시작했다고 생각하진 않아.

세월이 흐릿해져, 안나. 거리를 두고 보면 세월은 빈 공간 없이, 어떤 순서 없이 사건과 감정을 압축해서 긁어모은 몸체처럼 보여. 상황을 바라보는 균형감은 내가 글을 쓸 때만 돌아와, 그리고 내 관점은 너나 헨닝의 관점하고 달라. 네 아이들이 자라서 네 부모님이 충분히 돌볼 수 있을 만해진 그 첫 겨울에 난 일이 어떻게 돌아가는지 짐작하지 못했어. 헨닝이 휴일에 우리 넷이 스키를 타러 가자고 제안했고, 나는 네가 얼마나 흥분했었는지 기억해. 나는 그 전에 스키를 타러 간 적이 한 번도 없었지만 물론 같이 갔어. 내가 가야 한다고 네가 얼마나 우겼는지 기억나.

게오르그가 더 이상 전화를 받을 수 없게 되면서 전화벨이 많이 울렸어. 우리 집에서 전화를 받는 건 그의 일이었지. 응답하기, 세상과 대면하며 서기. 나는 상대가 누군지 모른 채 전화를 받고 싶지 않았어. 이유는 모르겠지만 좀 겁이 났어, 누군가 내게 상처를 주려고 하는 것처럼. 그게 휴대 전화의 좋은 점이지, 적어도 내가 아는 사람이면. 화면에 뜬 이름을 볼 때 이런 생각을 해, 지금은 아니지만. 그리고 죄책감은 주변에서 말을 쏟아 내는 상황을 피하며 느끼는 안도감으로 상쇄되지. 넌 언제나 전화를 두려워하는 날 보고 웃었지만 그런 날 고치는 건 단념했지. 대체로 넌 나를 고치려 한 적이 없었어, 게오르그도 마찬가지였고. 그 점이 고마워. 덕분에 너희 둘과 있으면 편안했어. 넌 내 고향이었어, 첫 번째 고향, 그리고 그이도, 그러니까 이제 난 국적이 없네. 일단 헨닝은 할 수 있다면 날 고치고 싶었을 거야. 헨닝은 아무 말도 하지 않았지만 난 내 가슴이 너무 작고 반듯하지 않은 느낌이 들었고, 더 예쁜 코를 갖고 싶어 했을지도 몰라.

내가 불공평한가? 그저 나의 자기혐오가 날 속인 걸까? 자기혐오는 성별에 따라 다른 감정이야. 남자의 경우 자기혐오 때문에 무기력해지지만, 여자의 경우 자기혐오란 자신에게 결점이 있다고 느끼게 만드는 자연 법칙이지. 원죄는 우리를 구성하는 요소야, 안나. 가톨릭 신자로서 넌 이걸 알아야 해. 알다시피 그래서 신은 변덕과 월경통과 한때 자라는 수염과 폐경기의 열감으로 우리를 축복하지. 산고는 말할 것도 없지만 난 면했어. 그리고 헨닝도 책임이 있었기 때문에 내 다른 결점에 대한 불만을 숨기려 했어. 내가 불법 클리닉에서 괴롭힘을 당했을 때도 아주 사려 깊고 친절했어, 그의 배려는 씁쓸함을 남겼지. 난 헨닝이 눈치채지 못하도록, 그리고 그저 그 일을 잊도록 스스로를 속여야 했어, 우리가 더 이상 조심할 필요가 없었던 침대에서 쾌활한 척, 즐거운 척 하면서 말이야. 배려는 우리를 서로 멀어지게 했어, 이젠 알아, 그 공허함 속에서 그는 너를 보았어. 갈색 눈동자와 선명한 목소리를 지닌 안나. 원죄가 이리저리 날뛰었어. 넌 당당히 여자가 되는 고통까지 감내한 거야. 고통은 늘 지나갔고, 넌 너만의 부드럽고 달콤한 외피로 빛났어.

　　얘기를 하는 동안 전화벨이 계속 울리네. 사람들은 나를 혼자 있게 두지 않아. 내가 상중이기 때문에 그들이 나를 뜻대로 할 수 없게 되었다고 믿는 것을 바라지 않는 거야. 그들은 내가 죽음에 대해 말하길 바라지. 마음을 정리하길 원해. 내가 우는 게 더 낫겠지, 위로할 길 없는 내 슬픔을 그들이 어떻게 견디는지 보여 줄 수 있을 테니까. 슬퍼하는 누군가의 곁에 바짝 붙어서 자신들은 전혀 어질어질하지 않다는 걸 보여 주는 것보다 사람들의 자부심을 더 정화하는 일은 없는 것 같아. 아무도 내게 삶은 계속되어야 한다고 말하지 않아. 울부짖을 공간은 있어. 내가 할 일은 그냥 흘려보내는 거야. 장례식장에서 느꼈어, 너무 침통하고 의미심장한 표정을 짓거나 그 반대로 어떤 말도 충분하지 않다는 걸 잘 안다는 걸 내게 보여 주기라도 하듯 평소와 다름없는 척하는 모습을 보면서. 물론 난 공정하지 않아. 사람들은 사별한 사람에게 어떻게 하기로 되어 있나? 그들은 최선을 다하지만 문제는 조의를 표하는 일에 관한 한 난 사양하겠다는 거야. 반면 내게 포옹이 필요한 한밤중엔 언제든 확실히 나 혼자야. 처음 몇 주간 나는 의무감으로 전화를 받았고, 사람들이 나를 위로하려고 애쓰는 모습에 고마워한다고 했어. 점차 전화가 울려도 내버려 두는 편이 더 낫더라, 또 게오르그가 죽은 뒤로 내 휴대 전화는 충전을 한 적이 없고. 플러그를 뽑아 놓는 건 명백히 적대적인 조치로 느껴질 거야, 남들이 보여 준 배려를 고려하면 말이야. 하지만 그저 연락 잘 받으려고 굳이 충전기를 꽂아 두어야 하는 것 같진 않아. 상을 치르는 중인 여자에겐 간섭하지 말아야 해.

미와 스테판네 집에서 홈메이드 피자를 먹은 다음 날 아침에 걸려온 전화를 내가 왜 받아야 했는지, 그들이 품은 양가적인 감정을 왜 참아야 하는지 모르겠어, 내 감정은 말할 것도 없고. 이른 시간이었고, 보통은 아무도 이 시간에 전화하지 않지. 내 친구들은 내가 늦게 자는 쪽을 선호한다는 걸 잘 알아. 어떤 조사 기관이 내 소비 행동에 대해 알고 싶어 하나 생각했지만 결국 전화를 받았어. 평소 같지 않은 시간이라 호기심이 생겼나 봐, 아마도, 하지만 미일 줄은 정말로 몰랐어. 미가 우리에게 언제 전화를 했었는지 기억이 안 나. 우리를 집에 초대하거나 우리가 어떻게 지내는지 궁금해한 사람은 언제나 스테판이었어. 미는 조깅을 끝내고 돌아왔을 거야. 미가 무선 전화기를 들고 부엌 조리대에 서 있는 모습을 그려 보았어. 그을린 팔에 아마도 맥박 측정기가 여전히 부착되어 있을 거고, 살을 많이 뺐기 때문에 피부는 약간 탄력이 부족해. 나는 미의 말총머리와 몸에 딱 붙는 형광색 옷, 부잣집 사람답지 않은 촐싹거림, 수화기를 쥔 손가락 중 하나에 낀, 미의 마흔 번째 생일에 스테판이 선물한 커다란 다이아몬드 반지를 떠올릴 수 있었어. 미가 이야기를 시작할 때 나는 미가 원하는 게 뭘까 생각했어. 저녁 식사를 대접해 줘서 고맙다고 말하는 걸 잊었지. 미는 그날 늦게 커피를 마시자고 했어. 심상치 않은 일이었어.

우리는 역 근처 카페에서 만났어, 우리가 한때 살았

던 녹음이 우거진 거리 맨 끝에 있는. 네가 좋아할 만한 곳이야. 에스프레소도 팔고 빵도 팔거든. 창가의 스툴에 앉은 채로 커피숍과 빵집을 오갈 수 있어. 넌 덴마크에 에스프레소가 들어오기 전에 죽었지. 볼차노 중앙역에 있는 바에서 내가 작은 에스프레소 잔을 보고 놀랐을 때 네가 얼마나 웃었는지 기억해. 너는 편안해했고, 나는 네가 남자 바텐더와 이탈리아어로 말하는 걸 들으면서 즐거웠어. 내 그런 모습을 보고 너도 즐거워했고. 며칠 후에 모든 게 끝났지, 난 영원히 이해할 수 없을 거야, 안나, 시간이 얼마나 더 납득하기 힘들게 만드는지.

약속 시간에 도착하니 미는 창가 의자에 앉아 나를 기다리고 있었어. 미가 손을 흔들었는데 내 기분을 맞춰주려는 것처럼 보였어. 먼 길이었어, 「엑스 팩터」에서 말하듯이 거리를 쭉 따라가는. 우리 넷은 집값이 싼 맨 끝에서 시작했고, 더러운 도시를 나무와 질서 정연함과 우리만의 발코니로 바꾸게 되어 행복했지. 너와 게오르그는 우리 중에 집을 산 첫 커플이었어. 너는 언제나 처음이었어, 집은 예전 모습 그대로고. 나는 미가 원하는 게 무엇인지 궁금해하며 카페 밖에 자전거를 세우고는 그대로 두었어. 나는 불안감이 들었고, 그래서 우유를 먹지 않는데도 카페라테를 마시기로 했다니까. 미가 카운터에 줄을 서 있는 동안 내가 왜 경계하고 있는지 분석해 보았어. 어쨌든 처음으로 나와 단둘이 만나자고 했다는 이유만으로 내가 위협을 느낄 필요는 없었지. 일단 미는 혼자 자고 일어나는 일 같은 게 어떤지 알고 싶어 했어. 좀 더 공감해 주는 모습. 나는 안심했어. 나는 미의 호의에 고마워하면서 그런 일들이 어렵다고 말했어. 미는 고개를 끄덕이며 내가 이야기하도록 두었어, 가끔가다 종이컵을 홀짝인 것 말고는. 미가 진심 어린 연민을 표시하는데 별로 꾸미지 않은 모습이라서 좋았어. 미는 칼라와 단추가 달린 짙은 푸른색의 멋진 원피스를 입었고 머리를 리본으로 묶었더라. 내가 미와 맞선 적이 있나 스스로에게 물어보았어.

"사무실에 들어가지 않아도 되니?" 내가 말했어. 미는 하루 쉰다고 말했어. 니 때문에 쉰 건 아니기를 바랐지. "스테판이 당신을 걱정해요." 미가 말을 이었어. 나는 웃지 않을 수 없었고 내게 전화하라고 스테판이 부탁했는지 물어보았어. 아니라고 말하기 전에 미는 약간 기분 나빠하며 나를 보았어. "그 앤 집 매매 문제로 내게 몹시 화가 났어." 내가 말했어. "당신이 잘못한 것 같아요." 미가 말했어. "오해는 마세요. 난 당신을 이해하잖아요. 하지만 왜 시내로 이사하고 싶어 하죠?" 나는 다시 웃었어. "어제 네가 말했잖아, 내가 태어난 곳이라고." 미는 고개를 끄덕였어. "하지만 우린 다 여기 살잖아요. 좀 더 가까운 곳을 찾을 수 있었어요. 그게 아이들이 들르기도 더 쉬울 거고." 나는 계속 웃었어. "글쎄, 아이들은 어차피 애써 올 필요 없어."

내가 쓸쓸하게 웃진 않았지만 상황은 그랬어. 엘리오트와 프란카는 더 이상 팬케이크를 먹으러 오지 않아. 걔들은 내가 번쩍 들어 돌려 주는 걸 좋아했지. 내가 언제나 보란 듯이 들어 주는 걸 좋아했어. 걔들과 함께 있으면 쌍둥이와 함께했을 때보다 더 마음 편하게 기뻐할 수 있었어. 우리가 사실은 가족이 아니라는 게 다음 세대엔 별 차이가 아니었어. 아이들을 숲에 데려갈 때나 재워 보낼 때 마음이 편했어. 걔들에게 난 활발한 할머니였는데 우리 사이에 언제 첫 번째 틈새가, 첫 번째 의혹이 생기기 시작했는지 알 것 같아. 엘리오트가 아홉 살이었을 거야, 프란카는 일곱 살이고. 일요일 오후에 스테판과 미가 아이들을 데리고 왔지. 날씨가 좋지 않았고, 나는 아이들에게 저마다 그림 그릴 종이와 크레용 상자를 주었어. 어른들이 이야기하는 동안 아이들은 자기들끼리 놀 수 있었어. 난 비가 온다는 이유로 아이들이 텔레비전을 보길 바라지 않았지. 얼마 지나지 않아 프란카가 와서 내게 자신의 그림을 보여 주고 싶어 했어. 성 앞에 선 공주를 그렸더라, 하지만 솔직히 그 그림은 서둘러 그린 선 몇 개에 지나지 않았어. 나는 좀 더 공들여 그려 보라고 말했어. 어쨌든 난 그 아이가 공을 들이면 얼마나 잘 그릴 수 있는지 알았거든. 그런데 갑자기 아이가 울부짖기 시작하더니 엄마에게 달려갔어. "엘리가 내 그림을 안 좋아해." 처음엔 오빠에 대해 불평하는 거라고 생각했지만, 그건 아이들이 나를 부르는 방식이었어. 내 생각에 그것도 패키지의 일부인 것 같아. 알다시피 오랫동안 난 마침내 내 가족을 이루었다고 생각했지. 미는 큰 소리로 우는 프란키를 데리고 소파로 갔어. 미가 아이의 귀에 뭔가 속삭일 때 난 차가운 시선을 받았지. 탁자에서 모두 입을 다물었어. "아이를 비난했군요." 스테판이 말했어. "아이를 비난하면 안 돼요." 프란카는 소파에서 엄마 무릎에 앉아 여전히 흐느끼고 있었어. 내가 까다롭게 굴며 칭얼대는 아이들과 함께 있을 때 그런 식으로 그녀를 본 적이 있는지 기억이 나지 않았어. "난 비난하지 않았어." 내가 말했지만 스테판은 고개를 저었어. "당신은 아이의 자존감을 해쳤어요." 스테판이 말했어. 그의 입에서 나온 말이 항상 그의 것은 아니라는 걸 처음으로 알게 됐지. 어쩌면 나는 그 사건을 과장해서 해석하는지도 몰라. 프란카의 생물학적인 할머니가 아니라는 사실에 민감하니까. 어쨌든 나는 의자에 앉아 그 일을 다시 떠올렸고, 미가 나에게 불만을 품고 있다는 느낌을 받았어. 미의 십 대 자녀들이 언제든 들를 수 있는 집에 내가 그대로 살지 않아서.

"너무 늦었네." 나는 계속 말했어. "더구나 차로 이십 분 이상은 안 걸릴 거야." 미가 내 팔에 손을 얹었어. "엘리노르, 스테판은 당신이 거리를 두려 한다고 느끼는 것 같아요." 나는 카디건 단추를 채운다는 핑계로 팔을 움츠렸어. "스테판이 나 때문에 아파하는 건 잘 알아." 내가 말했어. 미는 잠시 머뭇거렸어. "아마도 아프다는 건 적절한 단어가 아니겠죠." 미가 말을 이었어. "누군가 죽으면 많은 것들이 나오죠. 묵은 감정들. 그 사람이 당신에게 말한 적 없는 것 같지만 오랫동안 스테판은 아버지가 모르텐에게 더 관심이 많다고 느꼈어요. 아버지의 눈에 들고 인정받고 싶어 했죠. 물론 그건 남자에게 많은 걸 의미해요. 당신도 그들이 어렸을 때 모르텐과 더 잘 통했잖아요, 모르텐의 관심사가 예술 쪽이니까. 당신을 탓하려는 건 아니지만 수년 동안 스테판은 이런 감정을 계속 가지고 있었어요, 그리고 이제 아버지가 갑자기 세상을 떠났죠."

미는 감정이 실리지 않은 목소리로 부드럽게 말했지. 물론 우린 솔직하게 여자 대 여자로 상황에 대해 의논할 수 있었어, 그 남자들은 감정과 관련된 일엔 뭐든 가망이 없었으니까. "그래서 스테판이 그렇게 뚱한 표정이었군." 내가 말했어. 마치 내가 모욕적인 말을 한 것처럼 미는 눈을 깜빡이지 않고 나를 노려보았어. "난 스테판이 왜 그런 표정을 짓고 앉았는지 궁금했어, 상처라도 입은 것처럼 말이야." 나는 말을 이었어. "세상에, 미, 그 애가 그래도 된다고 보다니 넌 정말 너그럽구나! 네 남편은 이제 마흔아홉이야. 옛날 옛적에 마음을 비웠어야 해. 그래서 스테판이 그렇게 눈에 들고 싶어 했구나! 그 앤 아직도 칭찬받길 원하니? 맙소사!" 미가 얼굴을 살짝 붉혔지만 나는 그게 부끄러움인지 분노인지 알 수 없었어. "당신은 모진 것 같네요." 미는 똑같이 차분한 어조로 말했어. "모질다고?" 내가 되받아 말했어. "넌 아니, 미? 난 너희 둘 다 감상적이라고 생각해. 너무 감상적이고 자기중심적이고 너무 오만해."

미는 내가 외계 행성에서 온 전령인 양 나를 쳐다보았어, 안나. 하지만 뚜껑은 열렸어. 나는 땅속에 묻힌 게오르그를 생각했어, 그이는 직접 대답할 수 없지. "앞뒤가 맞지 않는 건 없어." 내가 말했어. "엘리오트와 프란카를 봐. 넌 애들을 솜으로 싸서 뭉개고 있어. 그 아이들에게 뭐든 요구한 사람이 아무도 없지. 애들은 심지어 접시 닦는 솔을 어떻게 써야 하는지도 몰라. 언제나 필리핀 가정부들의 시중을 받으며 멋대로 굴지." 미의 얼굴이 하얗게 질렸어. "조이는 오페어예요." 미가 말했어. "네가 네 흑인 몸종을 어떻게 부르든 관심 없어." 내가 대답했어. "하지만 네 아이들이 걱정돼. 아이들이 네 품에서 어떻게 달아날지 걱정된다고. 걔들이 스스로 생각하고 제 힘으로 책임지는 사람이 될 수 있을까. 그리고 넌 그 어린 마흔아홉 살 스테판이 부모의 눈에 들지 못했다고……." 자리에서 일어날 때 미의 눈엔 경멸이 가득했어. "우리가 이야기를 더 할 필요는 없는 것 같네요." 미는 말을 끝내고 입구로 갔어. "고마워." 나는 그쪽을 향해 외쳤어. 이유는 몰랐어. 말들이 내 입 밖으로 흘러나왔어. 나는 자리에 앉아서 미가 길을 건너가 짙은 녹색 사륜 구동 자동차에 올라 나를 외면한 채 차를 타고 사라지는 모습을 보았지. 내가 얼마나 안도했는지 넌 모를 거야. 어려운 일을 해내는 데 다툼만한 건 없어. 그건 우리만큼이나 소심하고 과소평가된 해결책이지만 모든 일을 훨씬 쉽게 만들어 줘. 드디어 자유로워졌다 생각하고는 난 자전거를 타러 나갔어.

난 집으로 가지 않았어. 말했듯이 더 이상 내 집도, 네 집도, 우리 집도 아니야. 그저 수많은 장소들처럼 그냥 장소일 뿐. 집은 이미 어딘가 다른 곳에 있어, 먼 곳에, 세 개의 빈 방이 있지, 베스테르브로의 골목에. 부동산 중개인이 건넨 열쇠를 갖고 있는지 확인했어. 그리고 역으로 갔어. 내가 일 분도 둘러보지 않고 집을 사겠다며 돌아보자 중개인은 놀라서 나를 쳐다보았어. 그는 집에 대해 뭔가 중얼거렸어. 난 언제 이사할 수 있느냐고 물었지. 한 번 더 생각해 보길 원치 않느냐고 그가 물었어. "난 그런 적 없어요." 내가 말했어. "중요할 때 말고는."

플랫폼은 한밤중인 양 비어 있었어. 맨 끝 벤치에 자그만 사람이 있었어. 처음엔 아이라고 생각했는데 몸을 구부리고 아이폰을 들여다보는 필리핀 소녀였어. 어쩌면 역시 하루 쉬게 된 조이가 아니었을까? 내가 알기로 그들은 필리핀에서 스페인어를 써, 그런데 여기 오페어들은 영어 이름으로 불리고, 종종 그 이름은 조금 경박하고 성매매 업소의 소녀들 이름을 닮았어. 미안해. 잠깐 넋이 나갔어. 내가 무슨 얘기를 하는지 넌 모르지. 네가 세상을 떠난 뒤로 돈을 버는 중상류층 여성들은 자아실현에 어머니 되기를 더해 경력을 늘린다는 어려운 수학 문제를 해결할 후기 식민지적 해결책을 찾았어. 제3세계 하인을 두고 그것을 문화 교류라고 불러, 다만 열 명 중 아홉 명은 가련하게도 지하에 살게 되는데, 거기서 야자나무 오두막집에 할머니 할아버지와 함께 남겨 둘 수밖에 없었던 아이들에게 스카이프를 하지.

전철에 앉아 평행으로 넓게 뻗은 선로들을 보면서 게오르그를 생각했어. 교외 주택의 자족적인 녹색 정원들 사이로 적갈색 자갈과 빛나는 레일이 반갑게 끼어들었어. 난 여기서 마음이 편한 적이 없어. 넌 편안했지, 살레르노에서 온 이주 노동자들이 오랫동안 절제하며 살아야 비용을 감당할 수 있었던 로스킬데바이의 맨 끝 방갈로에서 이쪽으로 이주하면서도 넌 문제없었어. 그렇게 세련된 공간으로 미끄러지듯 들어왔고, 처음부터 소피아 로렌의 여동생처럼 보였지. 게오르그가 마음이 편안했는지 모르겠지만 그이라면 어디든 정착했을 거라고 생각해. 게오르그는 그런 잔잔한 사람이었어. 게오르그는 자립적인 사람이고 무척 신중해서 넌 이 점을 그이가 주변에 대해 사람 좋게 믿어 주는 면과 구분하지 못했지. 나는 그 사람보다 더 온전하고 진정한 선의를 품은 사람을 알지 못해, 네게 양심의 가책을 주거나 널더러 좀 더 들뜨고 몽상가인 남자의 품에 안기길 선택한 걸 후회하라고 하는 말은 아니야. 그저 나중에 우린 우리 사랑의 이유를 만들어 낸 거야. 나는 그만큼 알게 됐어. 어디서 무얼 읽었더라? "그 사람이기 때문이었고, 나이기 때문이었다." 심지어 이걸 쓴 사람은 남자였고, 우정에 대한 말이었지.

하지만 게오르그. 나는 미가 스테판에 대해 한 말을 잊지 않았어. 갑자기 다시 화가 났어. 나는 정말 화가 났

어, 정말로, 안나. 상냥하고, 덩치 크고, 불그레한 게오르
그의 모습을 떠올리기만 해도 화가 났지. 그때 기차가 항
구를 지나갔어. 오후 햇살에 빛나는 하얀 배가 소리를 내
며 요새 섬들 중 하나의 뒤로 나아가는 것을 보았어. 나는
세월이 흘러 결국 늘어진 그의 다부진 얼굴에 잡힌 주름
을 만질 때 느낀 손가락 끝의 감각을 되새겨 보려고 애썼
어, 그리고 자식들에 맞서 그를 방어하기 위해 절대 몸을
낮추진 않겠다고 다짐했어.

* * *

나는 베스테르포르트에 내려서 자전거를 가지고 엘
리베이터를 탔어. 교통은 혼잡했고, 소리와 움직임의 단
조로운 흐름이 내겐 고통을 달래는 효과가 있었어. 교외
는 지독히도 조용해. 나는 자전거를 타고 극장가를 지나
이스테드가데 방향으로 베스테르브로 광장을 가로질렀
어. 나는 웃지 않을 수 없었어. 약쟁이들, 성매매를 하는
여자들, 무슬림들. 크게 다르지 않았어. 스테판은 절대 이
해하지 못할 거야. 네 아들이 나이가 들면서 나한테서 벗

어났어, 안나. 그리고 그래야 하는 것 아닐까? 모르텐이 아메리카바이에 있는 내 집을 좀 더 방문하게 될까 나 자신에게 물어보았어. 아닐 거야. 모르텐은 좌파지, 그래, 하지만 모르텐에게는 이 일이 하층과의 연대에 대한 문제라기보다 문화적인 거니까. 저급 취향과 좋지 않은 습관이라는 관점에서 볼 때 이곳에서 무얼 직면할지 넌 절대 알지 못해.

마침내 나의 거리에 도착할 때까지 계속 갔어. 나는 미국엔 가 본 적 없고, 비행 공포 때문에 앞으로도 갈 일 없을 거야. 뭐랄까, 더 이상 오가는 배도 없지만 내가 거기서 무얼 하고 있을지 모르겠어. 대중 매체는 미국 이미지로 충분히 넘쳐 나, 그걸로 됐어. 게오르그는 내가 왜 여행을 싫어하는지 이해하지 못했어. 나 때문에 좋은 기회를 놓쳤을지도 몰라. 난 내가 있는 곳도 충분히 낯설다고 설명해 보려 했어, 같은 언어를 쓴다 해도 말이지. 하지만 그 주제에 대해 더 깊이 이야기하진 않았어. 그 사람의 표정을 보고 내가 상처를 줄 수도 있다는 걸 알았지. 만일 저녁 파티에서 질문을 받는다면 나는 질문한 사람에게 그쪽은 여행에서 무얼 얻을 것 같으냐고 되물어 줄 거야. 풍경은 어쨌거나 사진에 담았을 때 더 아름답고, 사진을 찍으려면 좋지 않은 날씨를 견디고 화장실을 고생스럽게 찾아야 하겠지. 일단 여행지의 이국적인 표면을 뚫고 들어가면 외국에서의 삶은 집에서의 일상과 실망스럽게도 닮았어. 여행의 낭만을 위해 표면에 머문다면 네가 낭만적으로 그린 이들과 마주 앉아서 필요 이상으로 바보같이 굴어야 할 거야. 또 절대 공유하지 않을 삶을 염탐하며 그곳에 국외자로 머문다는 점 때문에 우울해질 뿐이야.

아메리카바이. 이 이름은 오랫동안 여행의 관점에서 내가 필요로 한 모든 것이었어. 거리는 평소와 다름없어 보이지만 그렇지 않아. 필름 돌리는 걸 잊어버려서 같은 필름 위에 사진을 두 번 찍는 것 같아, 더 이상 필름을 쓰는 사람이 없다는 사실을 떠나서 말이야. 선이 두 번 찍혀 있고, 카메라 초점이 엇나간 것 같고, 얼룩지고 미끄러진 빛을 보며 내 삶의 대부분이 나를 지나갔다는 걸 깨닫지. 나는 다른 누군가의 이름이 아직 붙어 있는 현관에서 몇 초간 서 있었어. 거리가 보이는 빈 방 두 개와 안마당을 바라보는 마찬가지로 비어 있는 세 번째 방. 마룻바닥이 삐걱거리고 내 발걸음 소리가 울려 퍼지니까 내가 침입한 것 같았어. 무엇을? 텅 빔 그 자체를, 낯선 사람의 부재를.

아무런 가구나 조명 없이 이곳에서 살고 싶어. 여러 날 동안 쭉 거실 벽에 기대앉아서 햇살이 맞은편 벽을 따라 천장을 지나 시야에서 사라지는 걸 보겠지. 날이 저무는 모습과 어둠이 길바닥에서 솟아오르는 모습을 관찰해. 멀리서 들려오는 차 소리, 인도의 말소리, 구급차 소리, 어디선가 흐르는 라디오 소리를 들어. 마치 괄호 안에 숨은 것 같았어, 비눗방울 안에 들어 있는 것 같고, 세상은 나 없이 계속되는 거야. 난 벽에 생긴 선들을 봤어, 전에 살던 사람이 가구나 그림을 두어 약간 더 옅은 부분 말이야. 내가 어느 날 이런 장소에 앉아 있거나 여기에 살러 올 거라고 게오르그는 전혀 생각해 본 적 없었어. 이사할 때 이런 생각이 나에게 상처를 줄 거라고 나 자신에게 말했어, 하지만 그이가 구석구석 잘 아는 장소에 남아 있으면 훨씬 더 아팠을 거야. 더 견딜 만한 고통을 골라야 해, 그리고 난 결코 뒤돌아볼 사람이 아니었어.

무척 낯설어. 게다가 난 죽음이나 나이 드는 것에 대

해 한 번도 곰곰이 생각해 보지 않았어. 왜 내가 그러고 싶어졌을까? 내가 다른 무엇이 된다면? 넌 죽음을 생각해 봤니? 넌 이게 끝이라는, 아니 끝이어야 했다는 걸 알았니? 그렇게 생각해 볼 시간이 있었니? 나는 언제나 할 수 있는 한 앞으로 나아갈 뿐이라고 나 자신에게 말해 왔어. 내가 움직일 수 있는 한, 특별히 어디가 많이 아프지 않은 한 행복해야 한다고 말했지, 네가 아니라고 우겨도 난 그리 속 깊은 사람이 아니야. 한번 시작하면 말하고 또 말할 수 있어, 하지만 넌 심오한 사람이었지, 조화를 잘 이루는, 음, 무엇과 조화를 잘 이루었는지도 난 모를걸. 이해조차 하지 못했고. 일이 잘못되고 있다는 걸 언제 알았니? 넌 눈 속에서 그를 잃어버렸겠구나. 한순간, 기나긴 몇 초가 틀림없이 있었을 거야, 네가 완전히 혼자가 되었지만 순백색 한가운데에서 여전히 의식이 또렷한 시간이.

우린 무척 행복했어, 기억하니? 침대차에서 즉흥 파티를 열었지. 치즈와 햄과 라피아*에 싸인 키안티 와인 한 병. 우리는 여전히 젊었어. 남쪽으로 열차를 타고 갈 만

---

* 야자수의 일종으로 이파리를 실처럼 잘라 말려 각종 공예품을 만들기도 한다.

큼 여전히 모험심이 넘쳤다니까. 넌 쌍둥이에게 잘 자라는 인사를 하려고 함부르크 중앙역에서 공중전화로 네 부모님에게 연락을 했지. 플랫폼에서 우리와 합류했을 때 넌 너를 붙잡아 맨 마지막 밧줄에서 해방된 듯 열정적이고 대단히 신이 난 모습이었어. 그는 이미 네 애인이었고, 세상 그 무엇보다 내겐 더 멀어 보였을 거야. 우린 함께였어, 우리 넷 말이야, 독일에서 지내는 내내 그랬지. 우린 뮌헨에서 기차를 갈아타고 볼차노까지 쭉 가서 다시 한번 갈아탔어. 네가 우릴 위해 돌로미티에 있는 리조트를 예약했지. 난 전엔 그렇게 멀리 가 본 적 없었어. 발트해보다 더 멀리 가 보지는 않았어.

　　방에 들어가자마자 난 창문을 열었어. 늦겨울이었고 산 정상에 쌓인 눈은 회색빛이 도는 푸른색 산허리가 드러나서 너덜너덜한 레이스 같았어. 나는 한참 동안 서 있었어. 쌓인 눈 더미를 따라 내 아래로 사람들이 지나갈 때 그들이 신은 부츠에서 찍찍 소리가 났어. 헨닝이 다가와 긴 팔로 내 허리를 감싸 안았지. 그 순간을 아주 선명히 기억해. 태양이 우리 맞은편 산등성이 아래를 지나간 뒤 계곡에 드리운 기이한 반그림자. 내 콧구멍을 가득 채운 날것의 추위. 뒤에서 느껴지는 헨닝의 팔과 가슴, 나는 마치 우리가 언제나 함께라는 듯 기댈 수 있었어. 상황을 좀 묘사해야겠어, 안나. 함께 봐야 해. 네 눈을 떨구지 마. 최악은 너를 잃는 거였지만, 두 번째로 최악은 네가 나에게 용서를 구할 기회를 절대 갖지 못했다는 거야. 넌 내가 말하는 걸 듣지 못해, 그게 최악이야. 넌 기억하지 못해. 넌 살아 있지 않아. 난 다만 사실들이 쭉 이어져 누적된 것 이상의 무언가를 원하기 때문에 네게 말을 건네는 거야.

헨닝은 스키를 잘 탔고 너도 꽤 민첩했어, 한편 게오르그는 주로 노르웨이에서 크로스컨트리를 했지. 며칠 동안 내가 스키 강사와 아침을 보낸 뒤에 게오르그가 나를 초보용 슬로프 중 하나로 데려가 주었어. 그게 우리 일과가 되었지. 너희 둘이 높은 곳으로 간 사이에 게오르그와 나는 아이들이 있는 가족들 틈에서 스키를 탔어. 나는 리프트에서 그 사람에게 의지해 감히 아래를 볼 수 없었어. 늦은 오후에 우리는 호텔 벽난로 앞에서 술을 마셨지. 네가 위에서 내려다본 전망에 대해 불쑥 말했고 게오르그는 사람 좋은 모습으로 그 이야기를 들었어. 나는 게오르그가 너와 함께 가고 싶어 했고, 또 그러려고 애썼을 거라고 생각해. 너와 같이 가라고 해 보았지만 그냥 웃기만 하더라. 너나 헨닝이나 그날 아침에 전날보다 더 높이 올라갈 거라는 말을 전혀 하지 않았어. 정오가 지나 짧게 안내 방송이 나왔어. 넌 여전히 돌아오지 않았지. 여러 차례 눈사태가 났다는 소식이 들렸어. 얼마나 잦았는지는 아무도 몰랐어. 다른 사람들도 실종되었지만 하나둘 돌아왔어. 당국은 결국 어두워지기 몇 시간 전에 과감히 수색을 시작했어.

헨닝은 끝내 찾지 못했어. 너는 볼차노의 병원으로 바로 옮겨졌고, 그래서 우린 자정이 되어서야 널 볼 수 있었어. 너는 혼수 상태였어. 눈 밑에서 의식을 잃은 채 발견되었다고 했어. 게오르그와 나는 밤새도록 네 침대 옆에 앉아 있었어. 아침이 되자 의사가 산소 부족이 아마도 심각한 뇌 손상을 불러온 것 같다고 말했어. 게오르그는 숙소를 구하러 나갔어. 나는 너의 아름답고 움직임 없는 얼굴을 보면서 네 곁을 지켰지. 몇 시간 뒤 게오르그가 스키 리조트에 있던 우리 물건을 가지고 돌아왔어. 그이가 너와 헨닝과 나의 가방을 꾸렸어. 우리 방에서 우리 짐들 사이에 있었던 거지. 나는 그 사람이 헨닝의 칫솔을 보고 당황하는 모습을 그려 볼 수 있었어. 병원 근처 식당에서 저녁을 먹을 때 우린 서로 무슨 말을 해야 할지 몰랐어.

우리는 볼차노에 머물렀어. 게오르그는 회사에 전화를 걸어 며칠간 휴가를 냈어. 당국에선 계속 헨닝을 찾았지만 며칠이 지나자 수색을 중단했어. 나중에 나는 《베를링스케 티덴데》에서 기사를 하나 보았어. 생활 광고 앞면이었지. 알프스에서 덴마크 남성이 실종되다. 헨닝하고는 아무 상관이 없어 보였어. 너도 언급되었어. 젊은 이탈리아계 덴마크 여성. 마치 사고와 네 아버지가 관련이 있는 것처럼. 게오르그는 볼차노에 머무른 첫날 네 아버지에게 연락했어. 쌍둥이한테는 아무 말도 하지 말아 달라고 장인에게 부탁했지.

우리 둘 다 감정을 어떻게 표현해야 할지 몰랐어. 다들 말하듯 슬픔이 늘 사람들을 하나로 모으진 않아. 우리 감정이 어떠하든 상대의 감정에 대한 생각으로 가로막혔고, 우리는 함께 있는 것을 견디기 위해 제일 멍청하고 중요하지 않은 것들에 대해 말했어. 나는 네 곁에서 며칠을 보냈어. 너는 잠자는 숲속의 미녀처럼 누워 있었어. 가끔 게오르그도 앉아 있었지만 아주 오래 머무르지는 못했고, 넌 이미 죽은 것처럼 인공호흡기를 쓴 채 움직임이 없었어. 네 침착한 호흡을 보면 곧 눈을 뜨고서 우리를 알아보고 웃을 것 같았는데. 너의 뭔가 꾸미는 듯한 지적인 미소는 깨어났건 잠들었건 네 얼굴에서 영원히 사라질 거였니? 난 우리가 서로를 안 시간을, 우리가 함께한 모든 시간을 생각했어. 그 시간들이 다림질하고 개켜 서랍에 넣어 둔 리넨처럼 우리 둘 안에 한 묶음씩 들었을 거라고 믿었지. 그제야 어떻게 내가 기억이란 공유할 수 있는 거라고 믿게 됐는지 깨달은 거야. 난 네가 엄마가 되는 과정을 봤어. 너는 네 역할에 맞는 모습으로 성장했어. 여전히 소녀였지만 어머니가 가져야 할 권위를 스스로에게서 짜냈어. 넌 내가 아주 천천히 공포를, 발각될지도 모른다는 나의 공포를 흘려보내는 모습을 보았지.

헨닝의 수색이 중단된 후에 엄마에게 전화를 걸었어. 엄마의 울음소리를 내가 들어 본 적 있는지 기억이 안 나, 어떻게 위로할지도 몰랐고. 내가 전화했을 때 헨닝의 어머니는 울지 않고 침묵했어, 처음엔 전화가 끊긴 줄 알았다니까. "그래서 헨닝이 죽었는지 어쨌는지 모르는 거구나." 마침내 헨닝의 어머니가 말했어. "그래서 확실히는 알지 못하는 건가?" 나는 뭐라고 대답할지 알 수 없었어. 우리는 일주일의 대부분을 볼차노에서 지냈는데, 어느 늦은 저녁 호텔 바에 앉아 있었어. 어두운 가운데 우리 둘 다 자러 갈 생각은 없었고 아주 멀쩡했지. 나는 그 사람이 평소보다 술을 많이 마신다는 걸 감지했어. 그 사람은 그날 일찍 의사와 면담을 했지. 그들은 네가 뇌사 상태임을 선언할 계획이었고, 게오르그에게 인공호흡기를 뗀다는 가장 적절한 결정을 내릴 준비를 하라고 했어. 게오르그는 한참 동안 바 뒤의 술병들을 바라보며 앉아 있었지, 거울 앞에 진열된 술병들을. 내가 곁에 앉아 있다는 걸 잊은 듯했어.

"그들을 봤어요." 마침내 그 사람이 입을 열었어. 코를 훌쩍이고 무척 낮은 목소리로 말해서 나는 바에 흐르는 음악과 그 사람의 말을 구별하기 위해 몸을 앞으로 숙여야 했다니까. 갑자기 그 사람이 나를 보았고 나는 본능적으로 뒤로 물러났어. "우리 방에서." 게오르그가 말하고는 꼼짝 않고 바라보았어. 놀랄 만큼 냉랭한, 거의 사악한 뭔가가 그 사람의 취한 눈에 어려 있었어. 리조트에서 묵은 두 번째 날이었지. 그 사람은 목도리 챙기는 걸 깜박

해서 방으로 돌아갔어. 너와 헨닝이 창문 앞에 서 있었지. 게오르그가 들어갔을 때 넌 간신히 그를 놓아줄 수 있었어, 간신히. 오랫동안 나는 그 장면을 상상했어, 나 자신이 거기 있었던 것처럼. 너와 헨닝은 둘 다 말없이 창가에 서 있고, 게오르그도 침묵한 채 서랍이나 열린 여행가방 앞에 섰다가 결국 목도리를 찾아서 돌아보지 않고 방을 나오는 거지. 그 사람이 떠났을 때 너희 둘 중 누구라도 말을 했니? 다시 포옹했니? 게오르그가 너에게 아주 무거운 침묵을 남겨 놓아서 그 침묵이 계속 너를 압박했니, 말없이 복도를 지나 엘리베이터로 가도록 짓눌렀어, 죄책감을 느끼는 아이처럼?

나는 아무것도 알아채지 못했어. 전날과 닮은 그날, 그리고 네가 눈사태를 만나기까지. 저녁이 되어서야 너와 게오르그가 둘만 함께했고, 우리는 벽난로 앞에서 술을 마시고 음식을 먹고 즐겁게 보냈지. 난 정말로 우리가 평소처럼 즐거웠다고 생각해. 하지만 내가 못 본 거지. 너희가 방으로 돌아갔을 때 게오르그는 아무 말도 하지 않았다고 했어. 네가 이야기를 꺼내길 기다린 거야. 너는 아무 일도 없었다고 했지. 그 사람은 대답하지 않았고, 그의 침묵은 네가 침묵한 채 뒤로 물러나 부루퉁하게 대응했을 때 덫이 되었어. 너도 침묵하니 그 사람은 네게 작은 신호들에 대해 묻거나 따지지 않았지. 돌이켜 보면 게오르그가 본 게 맞다고 알려 주는 작은 신호들이 있었어. 네 일상에 생긴 작은 구멍들. 어느 날 저녁 그 사람이 사무실에서 돌아왔는데 네가 집에 없었어. 너는 한 시간 삼십 분 만에 나타났고, 아이들이 어디 갔었느냐고 물을 때 이상하게도 산만했지. 얼마 지나지 않아 어느 날 아침에 헨닝이 전화를 했고 게오르그가 전화를 받자 놀라움을 감추지 못했어. 하지만 헨닝이 정말 놀라움을 감추려고 했나?

다음 날 너와 게오르그는 호텔 앞에서 우리를 기다렸어. 난 아직도 그릴 수 있어, 스키 장비를 갖춘 네가 그와 단둘이, 산을 향해, 그리고 서로를 향해 모습을 드러낸 광경을. 게오르그는 네게 바로 물어보았대. 너는 그를 보았고, 그의 말에 대답할 때 네 눈은 흔들리지 않았어. 용감한 안나. 그 사람은 네게 이혼하고 싶으냐고 물었지. 넌 잘 모르겠다고 했어. 그다음에 우리가 합류했고, 우리 넷은 리프트 방향으로 걸어갔어, 마치 그 전날처럼.

네 아버지는 성당에서 이방인처럼 보였어, 몸에 비해 너무 큰 양복을 입은 키가 작고 야윈 살레르노 출신 이민자. 쌍둥이들이 세례를 받을 때만큼이나 불안정해 보였고, 긴 시간이 지난 후에도 이곳에서 상황이 어떻게 돌아갔는지 여전히 의심하는 것 같았어. 넌 천주교인이 아니었어. 종종 잊어버리곤 하는데 네 아버지는 당신의 새 나라에 투항해 딸이 개신교인으로 자라도록 허락했지. 아버지가 견진 성사 때 당신 어머니 것이었던 금으로 된 작은 십자가를 네게 주었는데 넌 그걸 절대 쓰지 않았어. 네가 관에 누워서야 착용했지. 사제가 뭐라고 말했는지 기억이 나지 않아. 게오르그가 모든 걸 준비할 때 내가 돕긴 했지만 그 후의 모임도 전혀 기억 못 해. 성직자가 네 관 뚜껑 위에 흙을 한 삽씩 뿌릴 때마다 쿵 하고 나던 공허한 소리는 기억나. 쌍둥이들이 모래 상자 안에서 가지고 놀던 것처럼 작고 폭이 좁은 삽이었어.

그런 소리를 전에는 들어 본 적 없었어. 나는 네 부모님과 윌란 반도에서 온 네 시가 식구들 뒤에 서 있었어.

아이들은 게오르그와 네 시어머니 사이에 서고. 3월의 햇살을 받은 그 아이들의 가느다란 목과 짧게 잘라 목덜미에 닿는 금발을 기억해. 게오르그의 색깔을 물려받았지. 만일 아이들의 눈이 갈색이 아니었다면 내 아이라고 해도 거의 믿었을 거야. 지금까지도 난 게오르그가 아이들에게 상황을 어떻게 설명했는지 몰라. 넌 고작 서른이었고, 아이들은 일곱 살이었어.

나는 종종 들러서 게오르그가 요리하는 것을 돕거나 스테판과 모르텐을 학교에서 데려왔어. 퇴근 후에 할 만한 더 좋은 일이 없었고 집에 앉아 나 자신에게 침잠하느니 게오르그를 돕는 게 위안이 됐거든. 나는 그 집을 잘 알았고 뭐든 찾을 수 있었어. 네가 이사한 뒤로 우린 손님이었지. 네겐 공간이 많았어, 그리고 아이들이 있었지. 그렇기는 하지만 게오르그가 내게 준 열쇠를 갖고 집에 가는 건 이상했어. 운 좋게도 아이들은 늘 나를 좋아했어. 보통 때 나는 시내에서 돌아오는 길에 쇼핑을 했는데, 그래서 아이들을 데리고 와 게오르그가 집에 올 무렵 저녁을 준비할 수 있었어. 난 절대 너 같은 요리사는 아니었지만, 쌍둥이들은 나이를 고려하면 놀라울 만큼 예의가 발랐어. 처음 요리를 하던 시기에 티라미수를 만든 적 있는데 그러지 말았어야 했어. 대개 난 탁자에 앉아서 잘 자라고 말했어. 게오르그는 언제나 아이들에게 책을 읽어 주었지. 그래서 그 사람이 2층 침대 아래칸에서 아이들 사이에 앉아 있을 때 나는 아이들의 얼굴 위로 몸을 구부리고는 베개를 반듯하게 펴 주고 뺨에 입을 맞추면서 마치 성스러운 문지방을 넘은 것처럼 뭔가를 위반했다고 생각했어. 난 아이들이 게오르그에게 아주 이성적으로 너에 대해 말하는 걸 들었어. 네가 구름 위에서 그들을 보고 있을 거라고.

나는 네 옷장을 비우고 물건을 정리하는 걸 도왔어. 편지는 하나도 없었어, 어떤 흔적도. 넌 무슨 생각을 했었니? 몇 번이고 되풀이해서 나 자신에게 같은 질문을 던져. 너는 어느 날엔가 옷장을 비우고 네 물건들을 챙길 거였니? 그사이 이혼은 유행이 되었지만 너와 니는 절대 유행을 따르는 사람이 아니었어. 세상은 자극적인 곳이 되어 버렸고 우리 없이 그 머리칼이 자라나게 됐어. 어쨌든 너는 여전히 너무나 기독교인이었고, 나 또한 뭘 모르는 게 너무 많은 사람이었지. 너무 주눅이 들었나? 나 자신이 올바르다고 믿지 못하나? 그동안 누구든 성교하고 싶은 사람과 성교하는 게 유행이 되었지만, 내가 얼굴을 찌푸리며 처음 이 단어를 사용했을 때 넌 웃었지. 다른 때 어느 7월 오후에 우리는 물가의 둑에 드러누워서 섹스에 대해 이야기하고 있었어. 그 단어가 얼마나 힘을 잃었는지, 이제 더 이상 아무것도 금지되거나 수치스럽지 않게 되었으니까. 씹은 너무 노골적인 단어로 남았지만 성교는 어때? 넌 이런 단어들에 대해 비슷하게 느꼈지, 그리고 내가 섹스와 돌려 죄는 도구가 서로 어떤 관계여야 하느냐고 물었을 때 훨씬 더 크게 웃었지. 넌 무슨 생각을 했었니, 안나? 그날 아침 눈 속에서 스키를 손에 들고 용감하게 게오르그의 질문에 답했을 때 너는 정직했다고 생각해. 몰라. 사랑은 몰라, 그렇지? 오직 순간이 있을 뿐이야, 사랑이 계속되는 동안에는.

　네 집을 돌아다니며 이런저런 필요한 일을 하면서 나는 네가 그 일을 어떻게 여겼을지 종종 생각했어. 세탁기를 비우려고 몸을 숙일 때 이따금 네가 어슴푸레한 복도의 벽장들 사이에서 나를 바라보는 느낌이었지. 둘러보지는 않았어, 네가 거기 서 있는 것 같은 매혹적인 상황을 깨지 않으려고, 그저 테라스의 햇살 아래 실루엣이라 해도 말이야. 가끔은 거실에 앉아서 눈을 감고 마룻바닥 하나가 휘는 소리가 나면 생각했어, 여기 그녀가 온다고. 내게 무슨 말을 할 거였니? 설명을 하고 싶었니? 나는 그렇게 생각하지 않지만 너는 절대 오지 않았으니까, 죽은 사람은 오지 않으니까 나 자신에게 설명해야 했어. 네가 영영 가 버렸다고 생각하기보다는 상황을 설명하는 쪽으로 훨씬 더 많이 생각했지. 사랑은 처음에 돌발적으로, 그다음에 오랜 기간 작업하는 프로젝트처럼 사실들을 쌓아올려, 그래서 때가 되면 추문이며 불화며 극적인 사건은 더 이상 설명이 필요치 않게 되지. 그렇지. 사랑을 빼앗긴 이들은 애쓰고 이해해야 할 뿐이야. 거절당한 이들은 우아해져야 하고, 현명하게도 우린 그저 서로를 빌려주었을 뿐이라는 걸 깨달아야 해. 연인들은 힘으로, 혹은 힘을 닮은 무엇으로 권리를 독차지하며 그 무엇도 설명할 꿈조차 꾸지 않겠지. 그였기 때문이었어. 너였기 때문이었어. 더 이상 사랑받지 못하는 우리는 복수와 이해 사이에서 선택해야 했고, 물론 나는 너희 둘이 서로를 향해 가야 했다고 생각했어. 너희 둘에 대해 몽상적이고, 짙은 머리칼에 약간 모험심 넘치는 것들을 생각했어. 화내고 싶었을 거야, 그럴 수 있었다면. 나는 너무 많이, 너무 빨리 이해했어.

아이들이 잠들면 게오르그와 나는 내가 집으로 돌아가기 전에 앉아서 한동안 대화를 나누었어. 그 사람 역시 이해하고 싶어 했어. 우리는 네가 어쩔 수 없었다는 듯 얘기했어. 아마도 넌 어쩔 수 없었겠지, 하지만 자전거 페달을 밟으며 거리를 지날 때면 관대하고 서글픈 이해가 내 속을 완전히 후벼 파는 기분이었어. 게오르그도 그런 느낌인지 궁금했어, 텔레비전 앞 소파에 홀로 앉아 있을 때나 그에겐 너무 커져 버린 침대에 누웠을 때 말이야. 나는 집에 들어가서 불을 켜고 헨닝의 옷과 물건들을 골라내기 시작했어. 그것들을 비닐 포대에 넣어 쓰레기통이 있던 지하로 옮겼어. 헨닝이 당장이라도 돌아올 것처럼 그의 셔츠와 신발과 배드민턴 라켓을 봐야 한다니 너무 경멸스러웠겠지.

봄이 왔고, 날씨가 좋으면 밖에서 저녁을 먹었어. 백야가 시작되었을 때 우리는 와인 잔을 들고 앉아 좀 더 자주 뭔가 다른 이야깃거리들을 나누었지. 게오르그는 자신에 대해 말했어, 내가 절대 몰랐던 것들. 그인 윌란 농장에서 자랐지만 농사일은 전혀 좋아하지 않았어. 그런데도 탁 트인 곳을 그리워했어. 한번은 이회토 구덩이에 빠진 이웃집 아이를 구했어. 돌도끼를 발견하고 학교로 가져가자 역사 선생이 그걸 국립 박물관에 보냈대. 그인 수줍은 미소를 지었어, 왜 내게 이런 요점 없는 이야기들, 별것 아닌 옛 사건들을 이야기하는지 모르겠다는 듯. 처음엔 내가 어디서 자랐는지 물을까 봐 겁이 났는데 그러지 않았어. 자기 마음속에 떠오른 건 뭐든 나와 공유했다는 데 만족했지. 대개 이야기를 하고 마음 가는 대로 하는 사람은 너였지, 헨닝과 네가 번갈아 말하는 동안 게오르그와 나는 듣고. 이제 모든 게 아주 명확해졌지만 그런 생각은 해 본 적이 없어. 오직 너와 단둘이 있을 때만 난 좀 더 자유롭게 말할 수 있었지. 네가 언젠가 말했어. 우리끼리 있을 땐 내가 딴사람 같다고 네가 그랬어.

　게오르그도 딴사람 같았어, 아니면 내가 이제야 그 사람을 알기 시작했다고 느꼈는지도 몰라, 그 사람이 유년 시절과 청년 시절이 어땠는지 얘기할 시간과 공간이 생겼으니까. 군대에선 일병이었고 이후엔 하사관이었대.

처음에는 군대에 남길 원했지만 결국 보험업에 몸담게 됐고. 게오르그는 어깨를 으쓱하더니 마치 이 일이 어떻게 일어났는지 말하기 어렵겠다는 듯 웃었어. 나는 이야기를 들었지, 그 사람이 어떤 질문도 하지 않아서 좋았고, 내가 몰랐던 고랑과 헛간과 계절들에 대해 환상을 품게 되어서 좋았어. 트랙터 모는 법과 기관총을 분해해서 다시 조립하는 법을 안다고 했을 때 눈을 크게 뜨자 게오르그가 웃었어. 어느 초여름 저녁에 우리는 테라스에서 오랫동안 앉아 있었지. 내가 희미한 빛 속에 일어나 자전거를 타러 갈 채비를 할 무렵 우리는 와인 한 병을 거의 다 마셨어. 그 사람도 일어났어, 셔츠가 얼굴보다 더 희었지. 나는 그 사람의 마음을 읽을 수 없었어, 그 사람의 시선이 내게 머무르고 있다는 걸 느꼈을 뿐. 자고 가면 어떻겠느냐고 그 사람이 낮은 목소리로 물었어. 나는 그의 가슴에 잠시 손을 얹고는 아니라고 말했어. 내가 떠날 때 그는 그대로 서 있었어.

으스름한 저녁 내내 거리를 따라 걸으며 나는 내가 취했다는 걸 느낄 수 있었어. 모든 게 더 날카로워 보였어, 심지어 거슬리는 느낌이었지. 키 큰 포플러나무에서 바람에 한숨짓는 소리가 나고, 가로등의 이글거리는 빛을 보니 히아신스가 떠올랐어. 게오르그는 한동안 그런 식으로 나를 본 게 틀림없어, 하지만 언제부터? 절대 밤이 올 것 같지 않던 흐릿한 황혼 무렵 앉아 있을 때였나? 엘리노르는 젊은 여자야. 아직 6월이지만 치마 솔기 아래 무릎이 햇볕에 검게 탔지. 목은 길고 부드러우며, 손은 가늘고 멋지지. 엘리노르는 나처럼 혼자 잠들어. 아마도 내가 아이들의 이를 닦아 주거나 삶은 감자의 물기를 없앨 때 알게 되었을 거야. 내가 같이 자길 원했냐고? 그랬으면 어때서? 삶은 계속되어야 해, 다들 말하듯이. 사람은 언제나 물어볼 수 있지.

나는 잠들 수 없었어. 깨어서 헨닝을 생각했어. 언제나 내 자리였던 침대 이편에 누워서. 여전히 낯설었어, 찬 공기가 새어들어 주름진 커튼이 흔들거리는 유리문과 나 사이를 헨닝의 등과 어깨가 막아 주지 않다니. 모반이 있는 하늘 같은 헨닝의 등. 헨닝은 겨울에도 반바지만 입고 자야 했어. 둘이 함께 하룻밤을 오롯이 보낸 적 있니? 나는 네가 헨닝과 썹이든 성교든 뭐든 할 기회를 어떻게 잡았는지 이해가 안 돼, 내가 전혀 의심하지 않을 방법으로 말이지. 언제가 적절한 때였니? 넌 나중에 씻어야 했을 텐데. 뭔가 갖춰져야 해. 침대가 있는 어딘가에서 배우자의 눈에 띄지 않고 한 시간을 보내는 방법 말이야. 호텔에 갔니? 어쩌면 난 너무 쉽게 순응하나 봐. 해변과 숲을 떠올려야 할까? 하지만 언제, 안나? 그리고 친구 관계에서 다른 관계로 기어를 옮긴 서곡은? 나는 이런 것들을 상상하며 아주 힘들었어. 너의 말, 너의 행동. 춤을 추면서 그렇게 됐니? 우린 언제나 파티에서 춤을 췄지. 네가 네 파트너 말고 신체 접촉을 할 수 있는 몇 안 되는 기회 중 하나였어.

너는 아주 근사한 댄서였어. 게오르그도 그랬지. 게오르그는 여자를 빙 돌게 하는 방법을 정말 잘 알았지만, 참 이상하게도 안전하게 추다 보니 전혀 관능적이지 않았어. 춤은 다른 무언가를 위한 전주가 아니라 기획이자 협약이 되었지. 한편 나는 너희 둘이 함께 춤을 추는 걸 보는 게 전혀 지겹지 않았어. 헨닝은 그런 식으로 너를 의식하게 되었을 수 있어, 네가 게오르그와 춤을 추는 동안에. 그게 커플이지, 틀림없이. 우린 모두 똑같이 생각했어. 그녀는 그에게 속해 있고 그는 오직 그녀만을 바라봐,

춤은 그 열정이 진정된 모습이고. 부러워할 수밖에 없었어. 우리가 너를 만나기 여러 해 전 춤 경연 대회에서 찍은 사진이 있지. 사진사는 게오르그가 얼굴을 네 쪽으로 돌리며 너를 바라보는 순간을 포착했어. 너는 슬로 폭스트롯을 추고 있어, 둘 다 등에 번호를 달았지. 너는 벌룬 스커트를 입었어. 너는 그를 사랑해.

　게오르그를 도와 네 유품을 정리하는데 그가 신발 상자에서 그 사진을 찾았어. 네 사진으로 가득한 상자. 우리는 네 옷을 분류해서 구세군에 기증했어. 헨닝과 내가 너희 둘 중 한 명과 함께 찍은 스냅 사진도 있더라, 누가 찍느냐에 따라 달랐지. 어떤 사진도 넷을 다 담고 있진 않았어. 우린 티크나무 벽장문이 있는 복도에 쪼그리고 있었어. 너는 그 벽장을 좋아한 적 없지만 벽장은 네가 집을 살 때 그곳에 있었고, 공간은 언제나 쓸모가 있으니까. 네가 사무적인 투로 이렇게 단언하는 소리가 어전히 들리는 것 같아. 초여름 토요일이었고, 네 아버지가 와서 쌍둥이를 축구 대회에 데려갔지. 햇빛 한 줄기가 좁은 복도로 스며 들어와 1960년대 초반 댄스 경연 대회 때 찍은 흑백 사진에 머물렀어. 이미 멀어진 과거라고 생각하며 내 무릎으로 사진을 받쳤는데 문득 게오르그가 나를 보고 있다는 걸 알았어. "그녀는 아름다워요." 내가 말했어, 그 사람의 눈을 보지 않기로 하고서. 그 사람이 자고 가겠느냐고 물었던 테라스에서의 저녁 이후 나는 아무 일도 없었던 것처럼 행동했어. 내가 달리 무얼 하겠어? 게오르그는 안도한 것 같았어. 내가 그의 말을 흘려보내서 거의 고마워하는 것 같았다니까, 마치 그런 말을 한 적 없는 것처럼.

나는 일어나고 싶었지만 어질어질할 것 같더라. 너무 빨리 일어서면 현기증이 나곤 해. 그래서 무릎을 꼭 붙이고 웅크린 채 어색한 자세로 가만히 있었어, 그 사람의 시선을 느끼면서 사진 모서리를 내 무릎뼈 쪽으로 내렸지. 아이들은 없었고 집엔 우리뿐이었어. 게오르그는 뭔가를 생각했겠지. 상황은 더할 나위 없었어. 나는 엄마를 보러 간다고 말했어. 정말이었어, 하지만 내 말은 내가 그 사람의 마음을 읽었다고 시인한 것처럼 들렸어. "알겠어요." 그 사람이 말하고는 먼저 일어났어. 나는 옛 사진들과 한동안 그대로 있었어, 집 밖으로 뛰어나가고 싶지 않았거든.

* * *

　비스듬한 빛줄기가 맨 끝 창문 옆 구석으로 움츠러들었어, 마치 창유리의 먼지 때문에 후퇴한 것처럼. 빈 아파트를 둘러보았어, 내가 벽에 기대어 앉아 있는 자리에서 볼 수 있는 만큼. 게오르그가 문으로 들어와 내 이름을 부를지 모른다고는 한순간도 상상 못 할 곳이었지. 심지어 그 사람의 발소리도, 그 사람이 방을 가로지를 때 그 아래 마룻바닥 소리도 상상할 수 없어. 한 번 더 닥쳤어, 발작하듯 내 안에서 밀고 들어왔어. 덩어리가 자라나 나를 부풀리는, 폐소 공포 때문에 내 안에서 내몰리는 느낌 말이야. 절망적인 몇 초 동안 숨을 쉴 수 없었어. 그러고 나서 울기 시작해 벽널을 따라 쓰러졌어, 끝날 때까지 몸을 웅크린 채.

　시간을 흘려보냈어, 앉아 있기엔 마룻바닥이 딱딱했지만. 내가 만든 소음이 빈 아파트에 울려 퍼졌어. 삼십 분 후 거리 맞은편 적갈색 사암으로 된 더러운 건물의 울퉁불퉁한 표면에서 낮게 떨어진 햇살이 빛났어. 황금빛 메아리였어, 이중 노출로 찍은 사진 같은. 나는 일어나서 눈을 감고 한 차례 닥친 희미한 현기증이 가실 때까지 기다렸어. 창문을 열고 창턱에 앉아 거리를 보았지. 연석을 따라 주차된 차들은 적었지만 늦은 오후의 빛은 똑같이 남아 있었어. 한순간 나는 벽 사이로 참새들처럼 흩어졌다가 모이는 아이들의 소리가 다시 울리길 기다렸어.

나는 나이가 제일 많지도 제일 어리지도 않았어, 뒤뜰과 지하실 입구를 지나서, 구운 돼지 껍질을 살 동전을 누군가 갖고 있으면 정육점 모퉁이를 돌아 문으로 달려 들어갔다 달려 나오는 무리 가운데 한 명일 뿐이었지. 이런 행동은 날것에다 콧물 범벅인 변함없는 형제애이자 자매애였고, 성도착자에 대한 공포와 학대에 대한 공포, 평범한 것들에 대한 비이성적인 열정으로 이루어졌어. 날것의 콧물 범벅인 기쁨, 나이 많은 남자아이들에게 구석으로 몰린 쥐, 길에서 발견하면 바로 사탕이나 핀란드 감초과자로 바꾸는 1페니 동전. 어른들은 우리가 어디에 있는지 몰랐어. 평소에는 대부분이 그리 신경 쓰지 않기도 했고. 우리의 원정은 프레데릭스베르 궁전 근처 공원이나 우리가 노는 석탄 무더기가 있는 항구 남쪽 끝까지 닿곤 했어. 언제나 나는 찢어진 옷차림으로 집에 돌아왔고 엄마는 항상 나를 걱정했지, 하지만 노출증 환자와 성추행에 대해 계속해서 반복되는 이야기들을 제외하면 실제로 내가 위협에 직면할까 싶어서는 아니고 그냥 태도가 그랬어.

나의 마르고 겁 많고 작은 엄마. 세탁과 탈수를 하고 학교에서 청소부로 일했는데 다행히 내가 다닌 학교는 아니었어. 엄청나게 노력해서 간신히 먹고살 만큼 벌 수 있었지. 엄마는 아름다웠어, 거의 너만큼이나. 증거는 뒤에 덮개가 달린 금빛 액자에 남아 있어. 액자는 자기로 만든 님프와 엄마가 펼치는 걸 한 번도 본 적 없는 가죽 장정의 『덴마크어 사전』 사이에 놓여 있지. 어느 날 비가 와서 외출할 수 없었던 나는 그 사전을 펼쳐 보았어. 단어들을 읽으며, 세로줄에 이어 세로줄을 읽으며 나는 비가 그치기를 기다렸어. 엄마는 스테게섬 출신의 가슴이 풍만한 미녀였지만 시간이 흐르고 풍파를 겪으면서 쭈그러들었어, 코만 빼고. 그래서 폭풍 속에서도 처마 장식 위에 꼿꼿하게 있는 다듬은 바다오리 같아 보였지.

나는 열린 창문에서 몸을 굽혀 길 더 아래쪽 우리 현관을 보았어. 인력거처럼 생긴 세발자전거가 앞쪽에 세워

져 있고, 그 옆에서 너무 커 보이는 바지를 입은 젊은 파키스탄 사람이 담배를 피우고 있었어. 동료가 나오자 그는 돌아섰어. 그들은 하이파이브를 하고는 인도를 따라 계속 걸었어, 어깨를 웅크린 채 발은 바깥쪽을 향했지. 엄마는 이웃이 바뀐 걸 보지 못했을 거야. 예순 살이 되기도 전에 돌아가셨으니 내가 엄마보다 더 나이가 많아진 지 십 년이 넘었어. 그리고 난 여전히 낯설어. 나의 엄마, 더 젊은 여자.

늘 그렇듯이 엄마는 먼저 끽 소리를 내며 문을 열어 나를 확인한 다음에 체인을 풀기 위해 문을 닫았어. 나는 앞서 거실로 들어가 엄마는 절대 모르는 거친 과거를 떠올리며 구석에 서 있는 물레를 밀었지. "이 거추장스러운 건 치우는 게 어때요." 나는 물레의 바퀴살이 점점 느리게 돌다가 마침내 정지하는 모습을 바라보았어. 나는 엄마를 보러 올 때면 언제나 질문을 했고, 엄마는 늘 침묵했어, 상처받은 양 점잖게. 엄마는 탁자에 컵을 두었는데 푸른 꽃이 그려진 컵이었어. 나는 빵이 든 종이 가방을 건넸어, 그리고 엄마가 부엌에서 빵을 접시에 담는 동안 젊은 시절 경계하는 기색이라고는 없이 믿음으로 빛나는 엄마의 견진 성사 사진을 보았어. 엄마가 소파에 앉더라, 나는 안락의자에 앉았지. "아직 소식 없어?" 엄마는 주전자 뚜껑을 누른 채 내 컵에 커피를 따랐어. "아직 찾지 못했대요." 내가 말했어. "믿기 어렵구나." 엄마가 말했어. "넌 내가 그를 얼마나 좋아했는지 알지. 물론 안나도." 엄마가 덧붙여 말했어. "둘이 바람이 났어요." 내가 말했어. 엄마에게 말할지 말지 결정조차 못 했는데 그냥 말해 버렸어. 처음에는 이해 못 했다는 듯 나를 보았어. "그런 식으로 말하지 마." 엄마가 말했어. "사실이에요." 내가 말했지.

엄마는 컵에 설탕 한 조각을 넣고 컵받침을 든 채 기계적으로 저었어. 내가 혼자만 알고 마는 편이 더 다정한 노릇이었을 거야. 내 갈 곳 없는 분노로 부담을 주었다는 걸 깨달았어. "그 애 남편은 어떻게 지내니? 아이들을 데리고 혼자서?" 엄마는 컵과 컵받침을 탁자에 올려놓고서 나를 바라보며 무릎에 손을 포갰어. "그 사람은 괜찮아요." 내가 말했어. "꽤 현실적인 사람이잖아요, 알다시피." "네가 종종 그이를 돕겠구나." 엄마가 말했어. "네." 내가 대답했어. "분명 고마워할 거야." 엄마가 말했어. 나는 어깨를 으쓱했어. 우리는 침묵했어, 평소처럼. 노래진 벽들 사이에서 그 따분한 추로 시간을 굼뜨게 표시하는 시계 소리를 다시 들을 수 있었어. 나는 액자 속 믿음이 넘치는 표정의 어린 소녀를 곁눈으로 흘낏 보았어. 어느 날 저녁 엄마가 여자아이를 품에 안고 어둠 속에 숨어 고향을 떠나며 챙긴 유일한 물건이었지. "역사가 되풀이되는 것 같아." 엄마가 말했어. "무슨 뜻이에요?" 내가 물었어. 엄마는 말을 잇기 전에 한동안 나를 보았는데, 그 눈빛 속의 사라지지 않는 공포가 슬픔과 차분함으로 바뀌었어. "이제 네 남편도 사라졌구나. 네 아빠처럼." 엄마가 낮은 목소리로 말했어. "아빠는 사라지지 않았어요." 내가 말했어. "전쟁은 눈사태가 아니었어, 전쟁은 전쟁이라고요. 난 아빠가 어딘가를 걷고 있을 거라고 생각해요, 우리 모두 알다시피." 엄마는 당신 손을 내려다보았어. "그 전쟁은 눈사태였어." 엄마가 말했어.

버스에 앉아 있을 때 스스로에게 놀랐어. 게오르그와 그 아이들과 내가 오후를 함께 보낸다는 걸 엄마에게 말할 수 있었는데. 엄마가 아는 걸 견딜 수 없었나? 횡단보도에서 한 손은 여자를 잡고, 다른 손엔 커다란 줄무늬 막대사탕을 든 소녀를 보았어. 아마도 티볼리 공원에 가는 길이었을 거야. 스테판과 모르텐에게 토요일 간식거리를 약속한 게 기억나 역 매점에서 감초사탕 두 꾸러미를 샀어. 도심을 빠져나가는 전철에 앉아 슬로 폭스트롯을 추는 네 허리를 단단히 감싸 안은 젊은 게오르그의 사진을 다시 보았어. 둘은 서로 눈을 맞추고 있었지. 나는 평소보다 한 정거장을 더 가서 내려 급히 구름다리를 건넜어. 길을 잘 몰라서 본능적으로 움직여야 했다니까. 그런 축구 경기는 거의 하루 종일 계속하겠지만 너무 늦었어.

몇 분 후 멀리서 들려오는 아이들의 소리를 따라갈 수 있었어, 그 소리는 이따금 귀에 거슬리는 호루라기 소리에 묻히곤 했지. 나는 철조망을 따라가면서 입구를 찾았고, 풀밭을 뛰거나 어른들과 함께 서서 경기를 지켜보는 알록달록한 셔츠를 입은 소년들을 보았어. 스테판과 모르텐을 알아보지 못하거나 혹은 네 아버지를 못 볼까 걱정했어. 게오르그가 그들과 합류할 거라고 생각하진 않았지만 아마 처음에 약속을 했겠지. 그 사람은 아직 날 보지 못했어. 나는 걱정스럽게 경기를 바라보는 부모들 무리에서 몇 발자국 떨어져 멈추었어. 함성 소리가 커졌어. 보아하니 누군가 점수를 막 낼 참이었나 봐. 게오르그가 웃더니 오른 주먹을 꽉 쥐고는 왼팔을 네 아버지 어깨에 둘렀어. 게오르그가 고개를 돌려 나를 볼 때까지 나는 그대로 서 있었어.

나는 네가 남기고 떠난 그 자리를 대신했어. 안나, 나는 네 삶을 물려받았어, 한때 네 웨딩드레스를 물려받은 것처럼. 어려운 일이라고 생각할 수도 있지만 그렇게까지 어렵진 않았어. 셔츠와 양말에 온통 풀이 묻어 지저분해진 아이들은 뒷좌석에 앉자마자 단것을 먹기 시작했어. 게오르그가 차를 몰면서 곁눈으로 나를 보았어. 네 아버지는 당신 차로 뒤따라왔어. 네 아버지는 집에 라사냐를 만들어 두었고, 트렁크에는 구이용 팬이 있었지. 내가 저녁을 먹고 갈 건지 모르텐이 물었어. 게오르그가 나를 또 쳐다보았어. 처음에 나는 손님이 된 기분이었지만, 아이들이 침대로 가고 네 아버지가 떠날 때까지 있었어. 우리는 술잔을 들고 테라스로 나갔어. 나는 슬로 폭스트롯을 가르쳐 줄 수 있는지 물었어. 그 사람이 한참 동안 나를 보더니 웃었어. 내 생각으론 그렇게 서로를 만질 수 있는 관계가 된 것 같아, 우리가 커플이 아니었다 해도. "지금?" 게오르그가 물었지. 나는 고개를 끄덕이고 자리에서 일어났어.

* * *

　라사냐를 먹는 동안 네 아버지는 로스킬데바이에 있는 당신 집으로 네가 날 데려간 일을 기억하느냐고 물었어. 그때도 그는 라사냐를 만들었지. 십 년 전이었을 거야. 내가 네 유년 시절 집을 방문한 건 그때 한 번이었지만 네 아버지는 몇 달밖에 지나지 않은 양 이야기했어. 내가 방문한 게 무척 중요했다는 식으로 말이지. 난 그렇게 생각해 본 적이 전혀 없었어. 거의 잊고 있었거든. 너는 나와 함께 아메리카바이의 집을 절대 찾지 않았고, 우린 그 얘기를 해 본 적도 없어. 네가 집으로 날 초대했다고 해서 숨겨 온 네 정체가 탄로 났다는 느낌을 받았을 것 같지도 않아, 나는 그랬을 테지만. 자그마한 방갈로, 작은 앞뜰, 철제 울타리 뒤에 있는 폭 좁은 콘크리트 보도를 선명하게 기억해. 125제곱미터였을 테데, 어린 시절엔 하나의 세계를 만들기 충분했어. 너보다 머리 하나는 작은 네 아버지와 네 아버지의 발음을 듣고 웃으며 매번 고쳐 주는 너의 땅딸막한 어머니에게 네가 팔을 두를 때 너의 애정이 부러웠어. 너희 가족 셋을 보니 은밀한 곳이 따끔거

101

렸지. 우리 엄마를 떠올리고는 우리가 얼마나 어색한지 생각했거든.

네 어머니는 아버지가 요리를 한 사람이라서 웃어 넘겼지만 그럼에도 당당했어, 난 느낄 수 있었어. 테이블 보와 수놓은 냅킨, 거실은 모든 게 아주 세심했지, 그리고 네 아버지가 와인 한 병을 땄어. 네가 와인 병을 들고 잔을 채우고 싶어 하자 내려놓으라고 했어. 와인을 받는 사람에게서 손을 멀리 두지 말라고 그건 실례라고 너에게 백 번쯤 가르쳤는데. 나는 그 어투에 겁먹을 뻔했지만 너는 그냥 웃었어. 아무래도 그의 말을 듣는 게 생각만큼 나쁘지 않다는 거였어. "채워 봐." 네 어머니가 말했어. "차지 말고." 그러고는 네 아버지도 웃었어. 벽에 그림이 하나 있었어. 매끄러운 유화로 푸르고 푸른 바다에서 돌섬이 솟은 풍경이었어. 나는 카프리 출신인지 물었어. "살레르노." 네 아버지가 말하고는 손등으로 입을 닦았어. 넌 나에게 살레르노가 어디에 있는지 알려 주었고, 그래서 나는 그가 어떻게 덴마크에 정착하게 되었는지 물었어. 너와 네 어머니는 전에 그 이야기를 들은 적 없는 듯 주의 깊게 그의 말에 귀를 기울였어. 네가 어떻게 존재하게 되었는지를.

　네 아버지가 내 대각선 방향으로 게오르그와 손자들 사이에 앉았을 때 다시 기억났어. 관자놀이가 움푹 꺼지고 짧게 자른 머리가 희끗희끗한 야위고 주름진 남자. 그가 전쟁 전에는 어떤 모습이었을지 떠올려 보려고 했어. 코펜하겐에서 은퇴한 살레르노 출신의 젊은 선원을. 네가 아버지의 설명에 끼어들었어. 코펜하겐에만 있지는 않았다고 했지, 그리고 아버지가 어떻게 니하운의 바에서 동료를 만났고 그린란드의 빙정석 모험에 대해 듣게 되었는지 네가 알려 주었어. 여름 내내 그곳에서 일했다고 네 아버지가 덧붙여 말했어. 겨울에는 그렇게 번 돈으로 코펜하겐에서 생활했다고. 네 아버지는 금니를 드러내며 씩 웃었어. 그들은 왕처럼 살았지만 전쟁이 일어나 네 아버지는 발이 묶였어. 독일인이 쓰는 공구 제작 공장에 취직했지. 먹고살아야 했다며 어깨를 으쓱했어, 그리고 그곳에서 수련을 받았어. 해방이 오고 고향에 돌아가려 했지만 살레르노는 거의 허물어졌고 사람들이 개처럼 살았어. 그러고 나서 네 어머니를 만났어.

　그럼 우리 아버지는, 그는 어떤 사람일까? 네 아버지

는 예의 바르게 행동하고 싶었을 거야, 대화가 집주인에게만 맞춰져서는 안 되니까. 하지만 네 표정을 읽고 실수를 알아챘겠지. 너는 아무것도 몰랐지만 내가 그 질문을 좋아하지 않는다는 건 느꼈겠지. "전 아버지에 대해 잘 몰라요." 나는 이렇게 말하고 웃었어. "전쟁이." 하고 덧붙이며 애매한 몸짓을 해 보였지. "전쟁이." 네 아버지가 반복해서 말하고는 접시를 내려다보더니 네게 고개를 돌리고 와인을 좀 더 부어 달라고 했어. "병을 들면서 네 팔꿈치로 우리 코를 찌르면 안 돼." 그는 가벼운 어투로 말을 이었어. "병을 들어 봐, 병들지 말고." 네 어머니가 말했어. 나는 너를 쳐다보는 것은 피했고, 네 어머니가 광고부에서 내가 하는 일에 대해 물었을 때 안도했어.

전쟁은 전쟁이었어. 전쟁은 눈사태였어. 누군가는 사라졌고, 누군가는 다른 세계에서 기대와는 다른 삶을 살게 되었어. 내 아버지에 대해 너에게 이야기하고 싶었어. 너는 그가 어떤 사람인지 내가 말하고 싶었던 유일한 사람이야, 내가 나 자신에 대해 거의 몰랐다는 걸 제외하면 말이지. 말을 꺼낼 용기를 절대 내지 못한 건 왜일까? 나는 헨닝에게 아무것도 말하지 않았어, 게오르그에게도. 둘 다 내가 그를 전혀 몰랐다고 생각했을 거야. 엄마가 죽은 뒤로 아무도 내가 누군지 몰라. 헨닝과 게오르그 모두 나에게 관련된 질문을 해서는 안 된다는 걸 감지했겠지. 어쩌면 그가 죽었다고 생각했을 거야, 하지만 그 일요일, 너와 내가 네 부모님을 방문한 날 그는 살아 있었을 거야. 그는 겨우 오십 대였고, 아마도 독일 어딘가에서 평범하게 살았을 거야. 우린 사진 한 장 갖고 있지 않아. 이름만 알아. 토마스 호프만. 참 평범한 이름이지. 나는 그를 찾아볼 생각조차 해 본 일이 없어, 절대.

이야기하기에 너무 늦었다는 건 알지만 그런 건 중요하지 않아. 내가 여기에 앉아 네게 편지를 쓴다는 걸 알면 사람들은 나를 걱정하겠지. 스테판은 이런 얘기를 듣고 싶지 않아 할 테고, 미는 내게 심리학자를 보낼 거야, 미는 무슨 일이든 해결책을 갖고 있으니까. 이게 가망 없는 동시에 더할 나위 없이 의미 있는 일임을 그들 중 누구도 알지 못하겠지. 말은 말 그대로 누군가에게 전해져야 해. 그렇지 않으면 말은 비가 그치길 기다리면서 사전에 나열되어 있을 뿐이야. 너는 이 말들을 네 것으로 할 수 있어, 하지만 네가 바로 연이어서 이 말들을 전할 때만 가능해. 그냥 주저앉아 그 말을 붙잡고 있을 순 없어. 그런 식이면 말들은 아무것도 아니게 돼. 너를 위한 게 아니면, 나를 위한 게 아니면, 난 말하지 않을 거야. 하지만 너야, 언제나 그랬어, 그리고 나는 내 부모님 이야기를 너에게 하고 싶어. 시그리드와 토마스 이야기를 하고 싶어.

* * *

그녀는 스무 살도 되지 않았어. 그녀의 아버지는 근처 자갈 채굴장에서 일했는데 폐가 나빠져 일을 그만두어야 했어. 씨근거리며 집에 앉아 있는 것 말고는 달리 어쩔 도리가 없었지. 그 소리가 벽을 통해 그녀의 작은 방에도 들려왔어. 할머니가 호텔에서 일했고, 그래서 시그리드는 바에서 일자리를 구할 수 있었어. 시그리드는 저녁에 손님들 시중을 들었고 낮에는 빵집에서 일했어. 내가 말했듯이 그녀는 예뻤어, 그리고 일이 어떻게 돌아가는지 신경 쓰지 않았어. 빵집 주인은 자기 아들과 약혼하길 바랐지만 그녀는 관심이 없었어. 시그리드는 자기 전에 침대에서 책을 읽었어. 어머니는 결국 안경이 필요해지지 않도록 조심하라고 했지. 어머니는 말했어, 안경을 쓰는 건 창피한 일일 거야, 예쁜 만큼. 하지만 시그리드는 계속 책을 읽었고, 삶은 이보다 나아간 뭔가일 수 있다고 스스로에게 말했어. 그게 뭔지 정확히는 몰랐지, 알 필요가 없었어. 사실 그편이 더 나았어. 시그리드는 미래에 무슨 일이 일어날지 알고 싶지 않았지만 아마도 스테게 말고 다른 어딘가가 배경이라는 건 알았어. 그녀에게 물으면 말했을 거야, 그녀의 미래는 절대 이런 곳에서 그녀를 찾아오지 않을 거라고. 그리고 그녀는 이곳을 벗어나 미래를 만나야 할 그날을 대비했어.

독일 장교들은 호텔에 자주 드나드는 걸 좋아했어. 매일 밤 그들은 바 한쪽 탁자에 둘러앉았지. 결국 독일군과 거래하는 계약자와 사업가를 제외하면 유일한 손님이 되었어. 엄마가 말하길 시내에 있는 다른 남자들은 얼씬하지 않아서 주인이 아주 불안해했다고 했지. 이 무렵 바의 부역자들과 탁자에 모인 독일인 단골들을 제외하면 상황이 어떻게 돌아가는지 모두 알고 있었어. 사람들은 비밀스럽게 전쟁 이야기를 했어, 기껏해야 전쟁은 일 년쯤 더 갈 거라고. 하지만 장교들의 탁자는 달이 바뀔수록 더 시끄럽고 쾌활해질 뿐이었어. 그들 분위기는 그러했고 새로운 얼굴들은 적응이 빨랐지. 파도가 몰아치면 주인이 영업시간이 끝났다고 예의 바르게 알려 줄 때까지 노래를 부르기 시작했어. 물론 시그리드는 손님들이 다 가고 접시를 치울 때까지 남아 있어야 했어. 종종 자정이 넘어서야 자러 갈 수 있었어. 장교들은 시그리드를 꽤 좋아했고, 대체로 호의적이었지. 그녀는 그런 상황에 잘 대처했어. 그냥 웃으면서 흘려보냈어. 시그리드가 인기가 많고 또 상황을 잘 통제하는 걸 주인은 만족스럽게 여기는 것 같았어. 가끔 그녀가 집에 갈 때 뭔가 특별한 걸 주었거든. 미트 롤 소시지, 커피 450그램, 그리고 다른 귀한 물건들 말이야. 장교들도 종종 팁을 주었고, 시그리드는 약간 주저하며 받았지. 그녀가 얼마나 예뻐 보이는지 알려 주기 위해 그들이 술에 취해 웃고 눈짓을 할 때 그녀는 분명 주저했을 거야.

8월 어느 늦은 저녁에 그들은 평소보다 한층 더 시끄러웠어. 바에는 늘 오는 장교들만 있었지. 그들은 구별이 잘 안 되는 군복을 입었고, 그래서 그녀는 가장 최근에 온 손님을 아직 알아채지 못했어. 따뜻한 저녁이었는데 등화

관제용 커튼 때문에 창문을 열 수 없어서 소용이 없었지. 몇몇 장교들은 윗옷을 풀어 헤쳤고 술을 아주 많이 마셨어. 그중 한 명이 시가에 불을 붙였지, 그리고 시그리드가 맥주를 한 잔씩 또 가져갔을 때 갑자기 허리를 붙잡아 자기 허벅지에 앉혔어. 그녀는 그가 바로 놓아줄 거라고 생각했는데 가슴께에 그의 손이 느껴져서 그가 의자 뒤로 넘어질 만큼 세게 밀어 버렸어. 완전히 당황한 채 일어나서 시그리드가 얼굴이 달아오른 그 뻔뻔한 장교가 일어서는 모습을 바라보는 동안 바에 웃음소리가 터졌어. 오직 한 명만 웃지 않았다는 걸 그녀는 알아챘어. 전에 보지 못한 남자였어. 다른 사람들보다 어렸고 여전히 반듯하게 군복의 단추를 채운 채 창백한 얼굴로 가만히 있었지. 주인이 신경이 곤두서서 달려왔어. 시그리드는 주인을 지나쳐 주방으로 갔어. 그녀는 장교 무리가 떠나는 소리와 주인이 사람 좋게 유창하지 못한 독일어로 그들의 사과를 받는 소리를 들었어. 주인이 바를 치우기 전에 먼저 가도 좋다고 했지만 그녀는 몇 분간 주방 입구 뒤 어둠 속에 남아 있었어. 밖이 완전히 조용해질 때까지.

　　바깥 공기는 바 안만큼이나 따뜻했고 추분 무렵의

꽉 찬 보름달이 만 위에 낮게 떠 있었어. 자전거를 끌고 마당을 가로질러 막 올라타려는데 등 뒤에서 자갈이 부드득 소리를 내 시그리드는 깜짝 놀랐어. 그 젊은 장교가 어둠 속에서 나와 모자를 벗고 예의 바르게 인사를 하는 거야. 그녀가 놀라지 않았다면 그 인사를 받고 웃었을 거야. 그녀는 학교에서 독일어를 유창하게 했어, 그래서 그의 말을 대부분 이해할 수 있었어. 그는 사과하고 싶어 했어. 시그리드는 그가 잘못한 건 없다고 했지. 그는 같은 탁자에 앉아서 부끄럽다고 말했어. 그들은 함께 걸었어. 거리에 아무도 없었지만 고요한 가운데 그들이 나누는 말 하나하나를 다들 듣고 있는 것만 같았어. 그는 최근에 근무지를 옮겨서 동네를 잘 몰랐어. 그녀는 그가 길을 잃지 않으려면 조심해야 한다고 했지. 그의 태도는 아주 정중해서 살짝 놀리고 싶은 구석이 있었어. 목소리를 듣고 그가 웃었다는 걸 알 수 있었지. 어쩌면 그가 그녀와 오래 동행하지 않는 게 최선이었겠지? 그래, 아마도, 그녀가 말했어.

이렇게 엄마의 사랑이 시작됐어. 엄마는 작은 방으로 돌아와 그를 생각했어, 다음 날 더 이상 생각하지 않을 때까지. 그 후로 며칠 동안은 그를 보지 못했어. 저녁이면 장교들이 모이는 탁자에 그는 없었어, 저녁 이후에도. 다른 사람들은 평소보다 조용했고, 그녀의 가슴을 만졌던 시가 흡연자는 으레 눈에 띄었고 그녀와 거리를 두었어. 그녀는 8월의 짤막한 대화를 거의 잊었는데 어느 날 오후 갑자기 그 예의 바른 젊은 장교가 그녀가 일하는 빵집에 나타났어. 그도 놀란 것 같았어. 가게에는 다른 손님들이 있었어, 자기 순서가 되자 그는 잠시 그녀를 뚫어지게 보더니 케이크를 달라고 했어. 그가 단것을 좋아하나 보다 싶었지. 그녀는 미소를 참았어. 그는 계산한 뒤 떠났고, 그녀는 다음 손님을 상대했는데 그가 이전 만남을 언급하지 않아서 기뻤어. 하지만 그가 뭐라고 말했어야 했을까? 그를 생각하는 자신에게 그녀는 짜증이 났어. 대낮에 보니 그는 기억 속 모습보다 더 잘생겼지. 갸름한 얼굴, 푸른 눈, 엷은 갈색 머리 같았어.

엄마는 말했어. "넌 그 사람을 닮았어." 내가 열네 살일 때 섣달 그믐날 밤에 그 이야기를 해 주었지. 우리는 언제나 우리끼리 크리스마스와 새해를 보냈어. 엄마에겐 나뿐이었어. 우리가 코펜하겐에 온 이래로 쭉 그렇게 살았어, 외따로, 타인을 경계하며. 그때까지 나는 어렸을 때 아버지가 죽었다고 생각했다니까. 아버지가 독일인이라는 사실이 전혀 신경 쓰인 적 없냐고 물었어. "처음엔 그랬지." 엄마가 대답했어.

몇 번의 저녁이 지나고 그는 다시 바의 장교들 탁자에 나타났어. 그녀가 탁자에 가면 그는 그녀의 시선을 피했어. 그리고 다른 사람들보다 먼저 떠났어. 그녀가 퇴근할 무렵 마당에 서서 기다렸지. 그는 첫날 저녁처럼 그녀와 동행했어. 여러 번 그랬어. 그가 그녀를 기다리고, 함께 8월의 밤을 나란히 걸어서 처음엔 거리를 가로지르거나 아니면 만 쪽으로 가거나. 그가 처음 키스한 게 언제인지 그녀는 절대 말하지 않았어, 물론 너무 수줍어서 그들이 함께할 장소를 어떻게 찾았는지도 알려 주지 않았지. 그녀는 이런 것들을 마음속에 간직해 두었고 나는 상상하려고조차 하지 않았어. 자세히 말 안 해도 넌 그러려니 해야 할 거야, 안나, 내가 그러듯이. 내가 아는 건 네가 작은 마을에서 그랬듯이 그들 또한 조심스러웠다는 거야. 독일인과 관계를 가진 잡년들이 자만심에 넘쳐서 혹은 멍청해서 그러듯 상대의 팔을 잡고 거리를 걷는 일은 절대 하지 않았어. 엄마가 나를 바라보았어. "너는 독일인과 관계를 가진 잡년의 딸이야." 엄마가 섬뜩한 미소를 지으며 말했어. "이제 알았지."

그가 감수한 유일한 위험은 매일 오후 빵집에 케이크를 사러 와서 무표정한 얼굴로 그녀와 눈을 마주치는 거였어. 다시 바에 모습을 나타낸 건 마지못해서였어. 바에서 보이지 않으면 혹시 누군가가 그의 부재와 시가 흡연자의 폭행을 연결 지어 의심하지 않을까 걱정했지. 그는 가슴 아프도록 신중해서 거의 소심하다고 할 정도였어. 군인에게 기대할 수 있는 모습이 전혀 아니었어. 그들은 밤이면 바닷가 만 근처에서 만났어, 목초지를 따라 풀들이 무성하게 자란 길에서. 오랫동안 안 사이처럼 그들은 자유롭게 이야기할 수 있었지. 그는 바이마르 근방 마을 출신으로 아버지가 작은 인쇄소를 갖고 있었어. 그는 괴테에 대해 이야기했고 시를 암송해 주었어. 엄마가 어떤 책을 좋아하는지 알고 싶어 했는데 엄마가 입센을 한 번도 읽은 적 없다고 하자 이해하지 못했지. 그의 꿈은 연출가가 되는 거였어. 그렇게 되면 「바다에서 온 여인」을 연출하겠지. 그는 선원을 기다리는 피오르의 여자 이야기를 자기 식으로 들려주었어. 선원은 언젠가 돌아와 그녀와 함께하겠다고 했어. 그럼에도 그녀는 다 큰 딸이 있는 홀아비와 결혼했어. 그거 아니, 안나? 결국 선원은 돌아왔어. 그녀가 자신을 보내 주겠느냐고 묻자 남편은 그러겠다고 했어. 마지막 순간 그녀는 남편 곁에 머물기로 결심하지. "나중에, 토마스가 내게 뭔가 이해시키려고 들려준 이야기란 생각이 들었어." 엄마가 말했어. 엄마가 그의 이름을 말하다니 묘했지만 사실 내가 놀라야 한다는 점이 더욱 묘했어. 토마스라는 이름의 젊은 독일인, 여전히 내 아버지가 아닌. "하지만 난 결혼하지 않았어." 엄마가 말했어. "그리고 그는 오지 않았지." 잠시 후에 덧붙여 말했어.

어느 가을날 저녁에 그들은 풀밭과 갈대밭 사잇길을 걷고 있었어. 마지막 철새 떼가 벌써 발트해를 건너갔어. 시그리드와 토마스는 어느 일요일에 새들을 보고 있었어. 그들 둘 다 조심하려고 지킨 규칙들을 어기고 마치 똑같이 충동에 이끌린 듯 날씨 좋은 10월 햇빛 아래 늘 만나던 곳으로 갔지. 그들은 둘이 친밀한 증거라고 생각했어, 마음은 둘이지만 생각은 하나라고. 그러나 바람이 부는 어둠 속에서 그는 우울했어. 전쟁이 곧 끝날 거라고 그가 말했어. 몇 개월 안에 히틀러는 모든 것을 잃게 될 거였지. 그녀의 조국, 유럽이 모두 해방될 거고. 나중에 그녀는 그가 어떻게 모든 걸 그렇게 분명히 알 수 있었는지 놀랐어. 그는 그녀를 가까이 끌어당기고 언젠가 돌아오겠다고 했어. 군복 말고 "다른 옷을 입고서."

넌 두 사람이 함께 있는 모습을 그려 보지 않을 수 없을 거야, 그렇지? 갑작스레 강렬한 감정에 사로잡혀 바람이 몰아치는 소금물 앞에 선 두 사람. 그가 안을 때 그녀는 자신의 검은 여성용 자전거 옆에 서 있었지, 군복을 입은 그는 마르고 여위었고. 어느 순간 그녀는 그에게 허락했어. 이 말이 촌스럽게 들린다는 건 알아, 안나. 하지만 통용되는 다른 어떤 단어도 쓸 수가 없어. 그들은 성교를 하지 않았어. 섹을 하지 않았고, 그런 식이 아니었어, 내가 그들을 실제보다 더 순수하게 그리고 싶어서가 아니야. 그저 음란함하고는 다른 뭔가라고 확신할 뿐. 내가 상황을 지나치게 낭만적으로 그리려는 건 아니지만 진실이란 언제나 날것 그대로라야 한다고 누가 그래? 스테판은 그렇게 생각하더라, 테라스에서 그릴에 스테이크를 굽던 날 캘리포니아산 적포도주를 너무 많이 마시더니 그러더라고. 미가 경고하듯 스테판의 목덜미에 손을 얹어 진정시켜야 했는데, 스테판은 문명의 세례를 받지 못해서가 아니라 젖꼭지와 음경을 향한 모든 인간의 분투를 제한하는 건 멋지지 않기 때문이래.

　낭만적으로 묘사하고 싶어서는 아니야. 사랑 이야기가 뭐지? 서로에게 끌리는 젊은 두 사람. 그녀는 열아홉 살이었고, 그들이 함께였을 때 그는 서른에 가까운 나이였어. 그녀가 갖고 있는 물건들 중 가장 귀한 은수저를 그에게 주었어. 세례 선물로 받은 거였는데, 다른 건 말고라도 그 수저가 사라지고 나서 그녀는 어머니의 말없는 실망을 견뎌야 했지. 이탤릭체로 그녀의 이름을 손잡이에 새긴 은수저가 독일 어딘가에 있을 거야. 아마도 그의 아이들이 물려받았겠지. 그들은 사용할 수 없는 물건을 모으는 중고품 매매상에게 어깨를 으쓱하며 은수저를 넘겨주었을지도 몰라. 아니면 증손주가 그걸로 요구르트를 먹거나. 그 은수저가 바이마르에서 멀거나 그리 멀지 않은 곳의 통통하고 자그마한 독일 아이의 손에 들어가기까지 어디서 여정이 시작됐는지는 다들 아무것도 모를 거야. 엄마는 토마스의 아버지가 인쇄소를 갖고 있다던 마을의

116

이름조차 기억하지 못했는데 아마 그곳은 폭탄이 떨어져 산산조각이 났겠지, 많이들 그랬듯이. 완전히 파괴된 나라에서 그의 행방을 알아낼 길이 없었어. 그곳엔 초라하고 이름 없는 무리들이 돌아다녔고 폐허가 된 도시를 역시 폐허가 된 다른 도시와 구분하는 건 불가능했어. 덴마크에 주둔한 전 독일 장교 토마스 호프만을 어디서 찾아야 할지 전혀 알지 못했을 거야, 엄마가 찾을 결심을 했다 하더라도 말이지.

　해가 흐르면서 누구라도 그 일을 젊음의 열병으로, 이 경우엔 일탈로 치부했을 거야. 그 나이 때 호르몬이 얼마나 뿜어져 나오는지 다들 아니까. 누군가의 시선이 생각보다 조금이라도 더 오래 꽂히기만 해도 얼마나 가슴이 두근두근하는지. 과장할 이유도, 다르게 볼 이유도 없어. 그녀였고 그였다는 점을 제외하면 더 심오한 이유를 찾아도 헛될 뿐이야. 다른 청년일 수 있었어, 의심할 여지가 없지, 하지만 아니었어. 생이 끝나면 살면서 일어난 일들은 수수께끼가 되어 버려. 어딘가에 은수저가 있을 뿐이고, 나머지는 추측하는 거지. 하지만 그 모든 일들이 우연의 일치로 일어났다고 해서 젊어서 무방비하게 믿었던 걸 깎아내릴 이유는 없어. 그래, 그들은 미숙했어. 그들에겐 그저 괴테와 입센만이 있었고, 그녀가 침대에서 탐독한 세계 문학이 다였지, 그런데 왜 호르몬과 우연의 일치가 더 중요해야 하는 걸까? 지식 덕분에 필요 이상으로 우리 스스로를 더 불쌍하게 만드는 건 아닐까, 그저 그럴 수 있어서?

몰랐을 거야, 덴마크가 해방되었을 때 그녀는 임신 중이었어. 그때까지는 임신이 아닐까 의심만 했지. 작은 마을에 긴장 어린 공기가 스며들면서 그녀와 토마스는 몇 주 동안 서로 만나지 못했어. 매일 밤 그녀는 자전거에 오르기 전 호텔 주방 입구에서 기다렸어. 집으로 가기 전만에도 몇 번 갔지. 장교들의 단골 탁자는 비었고, 해방의 메시지가 방송된 밤에 새로운 손님들이 쏟아져 들어왔어. 거리에 환호성이 울려 퍼지는 동안 그녀는 해방된 사람들을 무심히 시중들었어. 술 취한 사람들의 기뻐하는 얼굴들 사이에서 빵집 주인의 아들을 알아보았지. 그가 기운차게 그녀의 뺨을 꼭 쥐었어. "행복해 보이는데!" 그가 그녀에게 소리쳤어. 그녀는 자신이 배운 최선의 미소를 짓고는 맥주로 가득 찬 쟁반을 서둘러 날랐어. 그의 눈에는 뭔가 있었어. 그녀가 카운터로 돌아왔을 때 주인이 뚫어져라 보며 봉투를 내밀었어. 그녀는 보지도 않고 앞치마에 그걸 감추었어. 그리고 새로 도착한 맥주병들을 서둘러 따기 시작했지. 누군가 창문에서 등화관제용 커튼을 확 잡아당겨 열차 내부의 소음이 거리의 들뜬 목소리와 한데 뒤섞였어.

그녀는 밤늦게 집으로 갈 때까지 그의 편지를 읽을 수 없었어. 그가 직접 맡긴 걸까? 작은 방에 앉아서도 주인이 표정 없이 그녀를 여전히 지켜보는 것 같았어. 처음 든 생각은 그의 손 글씨를 모른다는 거였어. 아직 그녀는 그에 대해 많은 것들을 몰랐어, 그래서 그가 작고 알아보기 힘들게 휘갈겨 쓴 몇 개의 단어에 매달렸어. 그는 곧 이송될 거라고 썼어. 다시 돌아올 거라고, 그녀를 잊지 않을 거라고 썼어.

곧 그녀는 군중 사이에 서서 마을을 빠져나가는 독일 군인 행렬을 보았어. 더 이상 의심할 여지가 없었어, 그녀는 너무 늦었어. 공허한 얼굴들 사이에서 그를 잠깐이라도 보려고 애썼지만 헛일이었지. 발끝으로 서서 목을 쭉 뺐는데 갑자기 누군가 팔을 잡아당겨서 넘어질 뻔

했어. 처음에는 납작한 철모를 쓴 빵집 주인의 아들을 알
아보지 못했어. 레지스탕스 완장을 차고 있었지만 그가
그 창백하고 물렁한 손으로 중요한 일을 해 왔다니 그녀
는 상상이 안 되었어. 그녀는 학교로 끌려가 체육관에 들
어가게 되었어. 래커를 칠한 늑목과 발자국 때문에 윤기
가 사라진 마룻바닥에서는 땀과 마루 광택제 냄새가 났
어. 줄을 선 사람들 사이에서 몇몇 얼굴도 알아보았지. 바
단골들이었어. 몇몇은 마을에서 사업을 제일 왕성하게 하
는 사람들이었어. 여자들도 있었는데 모두 서로의 시선을
피했어. 일련의 절차는 성가시고 지저분한 유였어. 그녀
는 편지에 대해 질문을 받았지. 마음속으로 그녀는 주인
과 그의 알 수 없는 시선을 한 번 더 보았어. 그에게 문제
가 될 일은 아무것도 없다고 추측했어, 그의 손님들은 그
렇게 바로 대체되었으니까. 누구한테든 어디서든 그들은
결국 눈에 띄게 될 거였는데 그녀는 상상도 할 수가 없었
지. 그녀와 다른 여자들은 머리칼이 잘린 다음 뚜껑 없는
트럭 위에 올라타고 마을을 돌게 됐어. 그녀는 군중의 조
롱을 들으며 눈을 내리깔 때 스스로에게 물었어, 임신한
사실이 눈에 드러나 보일 정도였다면 이런 식으로 똑같

이 대접을 받았을지.

그녀의 아버지는 딸에게 다시는 말을 걸지 않았어. 밤이면 그가 숨을 헐떡이는 소리가 벽으로 전해졌을 뿐이야, 그때 그녀는 눈을 뜨고 누워 있었지. 그녀의 어머니도 거의 아무 말을 하지 않았어. 나는 그들을 전혀 알지 못해. 사진조차 갖고 있지 않아. 그해 여름 시그리드는 집에 머물렀어. 정말 아름다운 날씨였고 모두가 아주 행복했어. 어머니가 일하러 가고 아버지가 낮잠을 자는 동안 그녀는 거실에 앉아 있거나 자기 방에 있었어. 처음 몇 주 동안 독일에서 편지가 오길 기다렸지만 그는 그녀의 주소조차 몰랐어. 폭격으로 파괴된 나라에서 편지를 부칠 수나 있을까? 밤이면 시그리드는 슬쩍 집을 나가 자전거를 타고 만을 따라 난 길을 달렸어, 피부와 목덜미로 느껴지는 차가운 바람이 낯설었지.

그녀는 집안일을 돕고 부모를 위해 청소하고 요리를 했어. 하지만 쇼핑에서는 빠졌고, 그렇게 사람들의 시선을 받고 조롱당하는 일은 피했지. 어느 날 저녁에 설거지를 하는데 어머니가 부엌으로 들어왔어. 개수대에서 유리잔과 접시를 닦기 시작한 참이었지만 멈추었어, 손에 수

세미를 든 채. 그리고 세탁장 뒤의 작은 텃밭을 보았어. 아버지가 야채와 양배추를 키우던 곳이야. 작고 긴 땅에 무엇이든 키울 수 있었는데 물자가 부족했을 때 도움이 됐어. "누가 내 딸이 군인에게 몸을 판 여자가 된다고 생각이나 했을까." 어머니가 낮은 목소리로 말했어, 혼잣말을 하듯이. 시그리드는 대답하지 않았어. "기다리고 있다고는 하지 마." 어머니가 계속 말했어, 조금 더 큰 목소리로. "그 독일 돼지가 너와 사랑에 빠졌다고 꿈꾸는 건 아니지?" 시그리드가 어머니를 보았어. 그녀는 어머니의 거칠고 찌푸린 얼굴을 봐도 실제 기분이 어떤지 희미하게나마 알아채지도 못했었지. 그리고 어머니의 표정이 진짜 악의로 빛나는 걸 그전엔 한 번도 보지 못했고, 심지어 상상도 해 본 적 없었어. 자러 가는데 어머니가 한 말이 시그리드의 머릿속에서 되풀이되었어, 똑같은 리듬으로 똑같은 말만 반복하는 것 같았지.

몇 주 그리고 몇 달이 지나면서 시그리드는 토마스의 편지가 도착하거나 그가 약속대로 돌아올 거라는 믿음을 잃었어. 처음에는 그가 올 수 없는 게 당연하다고 스스로에게 말했어. 그의 고국 상황이 그러니까. 그가 그녀를 속인 거고 그를 사랑한 일이 헛짓이었다는 생각과 싸웠어. 시그리드는 결코 굴복하지 않았어.

"난 아빠가 엄마를 잊었을 거라고 생각해요." 난 엄마의 이야기를 듣고서 모질게 말했지. 엄마는 고개를 저었어. "아냐." 엄마가 조용히 말했어. "그건 말이 안 돼."

나 이사했어, 안나. 다시 아메리카바이에 살아. 내가 느끼는 기쁨엔 칠십 대 노인이 된 내겐 잘 어울리지 않는 유치하고 노골적인 면이 있어. 나는 거의 아무것도 가져오지 않았어. 아이들에게 이메일을 보냈지. 와서 원하는 건 무엇이든 가져가라고. 스테판은 전혀 답이 없었어. 상처받은 거야. 모르텐은 케홀름 소파를 가져가려고 밴을 한 대 빌려 왔어. 이렇게 모르텐은 미가 추천한 소파에 돈을 쓸 필요가 없어졌겠지. 하지만 난 아무 말도 하지 않았어. 모르텐은 미나 스테판 이야기를 피하려고 했는데, 내가 추측하기에 걔들은 우리 둘이 마주 앉은 그 실패한 만남에 대해 말했을 거야.

　너희가 새 소파를 샀던 때를 기억해, 너와 게오르그 말이야. 너는 소파를 들인 기념으로 우리를 초대했어. 헨닝은 누런 소가죽을 계속 어루만졌어. 처음 여러 번은 소파에 앉을 때 마치 시험받는 기분이었어. 넌 내가 언제나 느낀 그 기분을 알 거야, 그리 좋지는 않은. 넌 알지, 하지만 내가 왜 부끄러워했는지는 모를 거야. 때때로 여전히 그래, 그 가구처럼 다 남겨 두고 왔는데도. 인터넷 경매에 연락해서 나머지는 다 가져가 달라고 했어. 그 후 이케아에 가서 침대, 탁자, 의자 같은 가장 기본적인 물품들을 몇 개 구했어. 여긴 텅 빈 거나 마찬가지야. 이런 상태를 뭐라고 부를 수 있을까, 안나? 텅 빈 아래, 즉 가구를 간소하게 둔다는 뜻이야. 그런데 그게 유행이래. 그야말로 아직 죽지 않았다는 뜻이시. 운이 좀 좋고 내가 지력이 있다면 십오 년, 어쩌면 이십 년쯤 남았겠지. 이런 걸 생각해 보는 건 나쁘지 않지만 허튼소리에 쓸 시간이 없어. 거부당했다고 느끼는 스테판의 자기중심적인 태도엔 쓸 시간이 없단 말이야.

몇 주 동안 스테판에게서 소식이 없었는데 갑자기 전화를 걸었어. 내가 절대 응답하지 않은 이유? 일반 전화를 취소했다고 했지. 내가 휴대 전화도 안 받았다고 스테판이 우겼어. 게오르그가 죽은 뒤로 휴대 전화를 충전하지 않았다고 설명했어. 그런데 지금 전화를 받고 말았어! 다른 번호로 전화를 걸어서? 나는 화면에 뜬 번호조차 보지 않았어. 전화를 걸고 또 걸었어. 어투는 제 상한 기분과 나에 대한 책망, 둘 사이를 왔다 갔다 했지. 나는 내 휴대 전화가 운 나쁘게도 묵음 모드가 되곤 한다고 설명하려 했어, 내가 그렇게 해 두었다는 말은 하지 않고. 넌 이런 제품들이 관련된 상황을 많이 피하게 됐지, 안나. 휴대 전화는 제 인생을 살아, 아니 오히려 우리가 휴대 전화의 삶을 살지. 전화선이 없지만 언제나 연락 가능한. 거기에 무슨 자유가 있지? 물론 난 전화를 받지 않기로 결심할 수 있었어.

나는 서쪽 교외에 있는 DIY 할인점에 있었어, 내 자전거 바구니에 벽을 칠할 10리터들이 페인트 통을 담을 공간이 있는지, 아니면 5리터들이를 사야 하는지 생각 중이었지. 페인트 통은 무겁지만 직접 칠하는 건 즐거운 구석이 있어. 정해진 순서대로 작업을 하면서 빠져들게 돼. 난 게오르그가 왜 차고의 작업대를 아꼈는지 이해하기 시작했어. 모든 건 선반 위 제자리에 있었어. 심지어 그이는 공구를 걸어 두는 다공판 위에 연필로 장도리와 쇠지렛대와 장식 선반 밑그림을 그려 두었다니까. 처음 봤을 땐 뭐라고 농담을 할 뻔했지만 입을 다물었어. 스테판은 그이와 함께 그곳에 있는 걸 좋아했고 거기 끼고 싶어 했어. 정반대로 모르텐은 도구라면 죄다 멀리했어, 자기를 깨물고 할퀴는 악마의 생물인 양 말이야. 스테판과 게오르그가 물건들을 고치는 동안 모르텐은 케홀름 소파에 드러누워 에니드 블라이턴을 읽었어. 그 소파가 모르텐과 테아의 것이 되다니 역사적으로 정당한 일이지만 그건 예전의 소파가 아니라고 말해야겠어, 안나. 우선 어떤 생일 파티였는지는 모르겠는데 코코아를 한 컵 쏟았어. 등받이가 너덜너덜해지고. 가죽을 닦을 생각을 했어야 해. 네가 그걸 어떻게 닦았는지 기억하니?

스테판은 안건이 있었고, 나는 광택 10과 20 사이에서 고민하며 그 안건을 들을 수 있었지. 스테판이 화가 났는데, 그 화는 조금씩 쌓여 왔어. 말하자면 은행에 마지못해 분노를 예금했어, 휴대 전화나 일반 전화로 내게 연락을 할 수 없었거든, 그리고 이제 이자와 함께 원금을 회수할 때가 된 거지. 스테판은 내게 사과를 요구했어. "무얼?" 내가 물었어. "당신은 미에게 사과해야 해요. 당신은 내 아내를 존중해야 한다고요." 스테판은 "내 아내"를 우스꽝스럽게 근엄한 투로 말했어, 마치 우리가 모르는 사이인 것처럼 말이야. 갑자기 그런 사이가 됐어. 내 목소리는 거북함으로 가득했어. "난 그런다고 생각하는데." 내가 말했어. "당신에겐 미의 어머니 역할을 비방할 권리가 없어요." 스테판이 우겼어. 오, 물론 난 속으로 생각했어. 스테판은 공감을 잘하는 좋은 남편이야. 심부름을 하는 거지. "당신은 당신이 무슨 이야기를 하는지도 몰라요. 스스로 알려고 애쓴 적 없지요." 스테판이 계속 말했어. 나는 피를 봐야겠다 싶었어, 그리고 나 자신이 모질고 냉정해지는 걸 느꼈지. "그럴지도." 내가 말했어. "하지만 여전히 아이들이 유치가 빠지고 영구치가 날 때까지 모유를 먹는 게 건강하다고는 생각하지 않아. 항체가 생길 수는 있겠지만 제때 젖을 떼지 않으면 척추에 결핍이 있을 거야. 아이들은 엄마의 젖꼭지를 물어뜯으려 할 거고." 스테판은 한동안 침묵했어. 그러고 나서 그의 목소리는 완전히 다르게 들렸어. "당신이 그렇게 야비할 수 있는지 몰랐어요." 스테판이 말했어. "그렇지만 내내 알고 있었던 것 같네요."

나는 스테판이 전화를 끊을 때까지 휴대 전화를 들고 서 있었어. 스테판이 적포도주를 좀 많이 마시고 악동인 척 자신만만하니 독선적으로 굴 때 유치하게 젖꼭지에 대해 떠들던 것을 다시 떠올렸지. 스테판에게 그 일을 상기시킬 기회가 절대 없을 테니 소용없었어. 어떤 경우에든 스테판의 귀는 미 말고 다른 누구와도 주파수를 맞추는 게 불가능해. 나는 스테판이 이상적인 남편이라고 생각해, 자기 경력에 엄청나게 집착하지만 집에서는 말을 잘 듣는. 자전거에 페인트 통을 실으면서 스테판이 내 아픈 데를 건드렸다는 걸 깨달았어. 스테판은 어딜 공격해야 하는지 알았어. 그동안 티 내지 않고 쭉 지식을 모아 온 거야, 난 그걸 생각도 해 본 적 없었고. 자전거를 타고 시내로 돌아가는 동안 스테판이 내 발목을 잡으려고 작정한 곳에 굴욕감이 선명한 흔적을 남겼어. 내 속내가 까발려졌다고 느낄 때 자전거 바구니에 10리터짜리 에나멜

페인트 통을 담고서 균형을 잡는 건 거북한 노릇이었어. 마치 모든 사람이 내가 어떤 인간인지 볼 수 있는 것처럼 말이지. 전형적인 호르몬 작용에 의한 모성애를 내가 전혀 몰라서는 아니었어. 세상에. 이 일로 스테판이 갈 데까지 가자고 결심해서 난 그저 당황했고, 심지어 약간 아찔했어. 그렇지만 스테판의 마지막 말은 훨씬 더 나갔지. 야비하다는 말. 스테판이 시인한 거야, 내가 실제로 어디서 왔는지 절대 잊은 적 없고 완전히 외면하진 않았다고. 스테판은 내 안의 끔찍하고 더러운 바다을 들이받았어. 그리고 그가 그 바다 아래 훨씬 깊은 수직굴에 대해서 아무것도 모른다는 점은 전혀 위로가 되지 않았어.

시그리드는 인생에 뭔가 더 있으리라고 막연히 생각했지만 그 생각은 별 도움이 되진 않았어. 사건들이 눈사태처럼 들이닥쳤고 갑자기 그녀는 어딘가로 갔어. 네스트베드 병원에서 나를 낳은 건 한겨울이었어. 그녀 어머니의 손위 사촌들 중 한 명이 그곳에 살아서 출산하기 직전에 시그리드를 그곳으로 옮기게 했어. 내 아버지는 연안의 선원으로 이야기가 될 거였지. 나는 다섯 살 때 이 이야기를 듣고 질문을 하기 시작했어. 그의 배는 지뢰를 건

드린 뒤 가라앉았대. 사촌은 시그리드를 비난하는 뜻으로 고개를 저었어. "얘." 사촌이 말했어. "자진해서 엉망진창을 만들었구나." 사촌은 시그리드에게 아기 옷이며 면 기저귀 같은 물건들을 사 주었고 지하실에 있던 오래된 유모차를 빌려주었어. 내가 태어난 지 일주일이 지난 어느 저녁, 시그리드는 스테게로 가는 마지막 버스에 올랐어. 운전사가 유모차 싣는 걸 도와주었어. 그의 친절함에 시그리드는 앞으로 어떤 일이 닥칠까 생각하며 눈물을 흘렸지. 대부분이 잠자리에 들 시간에 도착하겠지만 지나치는 창문들에서 여전히 감시를 하는 것 같았어. 어둡고 반들반들한 창유리에 거리의 불빛들이 반사되었어. 그 뒤에서 그녀는 생각했어, 독일인과 관계를 맺은 잡년이 아이를 안고 돌아오는 걸 다들 어떻게 바라볼까.

시그리드는 부모의 집에 도착하기 전 결정을 내렸고, 그녀 어머니도 같은 생각을 했을 거야. 다음 날 어머니는 저축 은행에 가서 통장의 돈을 다 찾아왔어. 시그리드가 보는 앞에서 기름 먹인 천 위에 지폐를 올려놓았지. 아버지는 거칠게 숨을 쉬며 거실에 앉아 있었어. "노년을 편하게 보내려고 모았다." 그녀 어머니가 말했어. "하지만 가져가. 가지고 가 버려." 그들은 다시는 서로를 보지 못했어. 다음 날 저녁에 시그리드는 심야 버스를 타고 보르딩보르에 있는 레일웨이 호텔로 갔어. 낯선 방에 자러 가면서 이제 토마스가 그녀를 찾을 수 없게 됐다고 생각했을 거야, 결국 그가 돌아온다 해도 말이지. 다음 날 아침에 시그리드는 코펜하겐으로 가는 기차를 탔어. 많은 사람들이 아기와 유모차와 가방을 가지고 홀로 여행하는 젊은 여자에게 기꺼이 도움을 주었어.

우선 평범한 하숙집을 구할 돈은 충분했어. 혼자 아이를 키우게 된 시그리드는 나를 곧 주간 탁아 시설에 보내고 일자리를 찾기 시작했지. 반뢰세에 있는 마분지 공장에 취직했어. 머지않아 운 좋게도 아메리카바이에 있는 아파트를 구했지만, 일하는 시간이 긴 데다 여름과 겨울에 자전거를 타고 출퇴근하며 때맞춰 나를 데려오면 피곤해서 넌더리가 났어. 여러 가지 일과 작업장을 전전하다가 마침내 아이들이 집에 돌아가면 학교를 청소하는 일을 하게 됐지. 지루한 일이었지만 관리가 쉬웠고, 우리집 여자는 내가 나이가 들어 혼자 있어도 될 때까지 친절하게 나를 돌보아 주었어.

시그리드는 네스트베드에 있는 어머니의 사촌과 크리스마스카드를 주고받았는데, 언젠가 토마스가 연락하려 할 때 사촌에게 물을 거라고 생각했어. 아버지가 돌아가셨다는 소식을 접한 것도 그 사촌을 통해서였어. 시간이 지나고 크리스마스카드는 더 이상 오지 않았어. 사촌도 세상을 떠났다는 의미였겠지. 좀 더 시간이 지나고 같은 일이 어머니에게도 일어났음을 알게 됐어. 그 시기를 돌아볼 때 나는 항상 외로움이며 어려움이며 되풀이되는 내 아버지에 대한 생각이 아무도 아무것도 모른다는 안도감으로 일정 부분 보상을 받았겠다고 생각했지. 그녀의 외로움은 툰드라 지대 같았어. 전쟁이 끝난 후 몇 년 동안 때때로 누가 친절하게 굴어도 자신은 그럴 가치가 없다고 스스로에게 말했을 거야. 사기꾼이 된 기분이었겠지. 내가 다 컸을 때 아버지가 어떤 사람인지 말해 주면서 내게 똑같은 고독을 건넸어. 우린 서로를 지지할 수도 없었어. 언제나 부끄러움을 지닌 채 혼자 지내면 사랑하는 사람을 거의 증오하게 되지.

난 존재가 실수였어. 태어나지 말았어야 했어. 내 어린 마음속에서 엄마의 사랑 이야기는 그녀의 불명예를 넘어설 수 없었어. 그건 내 것이기도 했고, 그 세월 동안 말을 듣지 않는 떠돌이 개처럼 나를 따라다녔어. 아무도 나의 상스러운 개보다 더 충실한 수 없었고, 나를 더 잘 아는 사람도 없어. 어느 날 나는 청과물 가게 주인이 손님에게 나 같은 종류의 인간이 당시 어떤 대접을 받았어야 했는지 말하는 걸 들었어. 피를 물려받았다고 그랬지. 나는 눈을 내리깔았고, 순서를 기다리는 동안 내 입은 말라붙었어. 그 말을 계속 생각했어, 다른 생각들과 모든 것이 지나가는 동안 그 밑에서. 난 언제나 경계했어. 아무도 아무것도 눈치채지 못하도록 노력해야 했지. "엘리노르는 언제나 행복해요." 선생 한 명이 엄마에게 말했어. 나의 위선은 모든 일에 묻어났어, 심지어 즐거움에도. 누군가 나에 대해 뭔가 멋진 말을 하거나 그냥 친절하게 굴어도 받아들일 수 없었어. 결국 내가 아니니까. 나는 그들이 생각하는 사람이 아니었어. 나는 다른 사람이었어, 독일인을 사랑한 잡년의 자식.

그녀가 적에게 다리를 벌린 건 아니야. 토마스 호프만은 나치가 아니었고, 엄마가 마치 누가 듣는 양 조용한 목소리로 알려 준 건 그가 잘생긴 사람이었다는 거였어. 변명하고 싶은 듯. 나는 이내 짜증이 났어. 그 이후로 내가 언제나 그 사실을 알았던 것 같다고 생각했어. 나에겐 친구가 결코 많지 않았지. 자연스럽게 스스로 고립됐어, 시그리드처럼. 사람들이 내가 모르게 나를 피하지 않았을까? 내 얼굴을 보고 아버지가 독일인이라는 걸 알 수 있었나? 나는 거울 앞에서 내 모습을 유심히 바라보았어. 엄마는 내가 그를 닮았다고 했어. 나는 엄마에게 물려받지 않은 부분들을 찾으려고 했어, 모르는 사람의 잔상을.

아냐, 물론 그는 나치 괴물이 아니었어. 부끄러운 외로움 그 자체였지. 비밀을 원치 않은 냄새처럼 우리를 따라다녔어, 적발되어 알려지고 손가락질당하리라는 늘 떨리는 공포 말이야. 베스테르브로와 그 허름하고 수수한 풍경은 가면이었어, 그리고 우리 역시 서로를 놓쳤어. 나는 집에 친구를 데려오지 않았고 초대를 받으면 피했어. 평범한 가족의 활기찬 모습을 보면서 온기를 느낄 땐 비참하더라. 친구 집에서 밤을 보내면 꿈을 꾸는 동안 내 정체를 드러낼까 두려워 잠을 잘 수 없었어. 낯선 아파트에 잠들지 못하고 누워 있었지, 이 세계에 혼자서, 그런데도 집에서 떨어져 안심하며. 나는 사라지길 꿈꾸었어. 언젠가 성인이 되면 엄마와 엄마의 이야기를 떠나 여행을 할 거였어. 내 죄책감과 내 조급함을 구분할 수 없었어. 나는 눈에 띄지 않는 소녀가 되었고, 내 자리를 찾아 섞여 들어가는 데 능숙했어. 기회주의적이라는 말이 어울리겠지. 자신을 수치심으로 채우는 거야, 결함으로 채울 수도 있고. 시그리드도 그랬어. 그녀는 그 안에서 자신을 단단히 지켰고, 그래서 거만해졌지.

그녀는 나를 돌보느라 사람을 거의 만나지 못했는데, 이따금 친구가 된 또래 여자들이 자식을 갖기 시작했어. 운동장에서 그녀가 다른 엄마들과 이야기하던 모습을 기억해. 편해 보였고 늘 웃었어, 그곳에 앉아 그들 중 한 명처럼 될 기회를 즐긴 것 같아. 퇴근하면 집으로 돌아올 남편이 있고, 일요일이면 만나러 갈 부모가 있는 듯이. 사실 혼자일 필요는 없었어. 내가 1학년일 때 겨우 이십 대 중반이었지. 3학년 때 아이길이라는 이름의 남자가 나타났어. 그녀보다 열다섯 살 위였을 거야. 조용하고 머리가 벗어지고 금발에다 담배를 피우는 사내였지. 아내가 암으로 죽고 자식은 없었어. "운 좋게도 만났지." 엄마가 말한 적이 있어. 아이길은 엄마가 청소하는 학교에서 목공 교사로 일했어. 그들은 아이길이 목공실을 정돈하던 어느 날 만났어. 텅 비고 고요한 학교의 두 외로운 존재.

몇 주 후에 어차피 혼자니까 밥을 같이 먹자고 엄마가 아이길을 초대했어. 아이길이 처음 방문할 때 엄마가 먼저 구실을 찾은 거였지. 밥을 먹으러 오는 홀아비, 그러지 않으면 그가 밥을 먹지 않을 것처럼. 아이길은 매주 몇 번씩 왔어. 언제나 내게 단것이 든 주머니라든가 초콜릿 바 같은 것을 주었지. 엄마가 내 버릇을 나쁘게 들이면 안 된다고 말했지만 아이길은 그냥 웃었어. 때로 엄마가 부엌에서 설거지를 하는 동안 내게 옛날이야기를 읽어 주었어. 내 친구들 집이 이렇겠구나 생각했어. 난 침대에 누워 둘이 거실에서 조용히 이야기 나누는 소리를 들었어. 일요일이면 우리와 함께 동물원이나 영화관에 갔어, 한번은 박켄에 갔지. 우리는 역에서 마차를 타고 숲을 통과했는데 아이길이 나만큼 흥분한 것 같았다니까. 나는 아이길과 손을 잡고 걷곤 했어. 그의 손은 크고 따뜻하고 단단했어. 그는 나를 위해 인형의 집을 조립했고, 그 안에 넣을 작은 가구를 만들고 인형을 사 주었어. 뻣뻣하고 작은 사람들이 그가 솜씨 좋게 만든 작은 의자에 다리를 뻗고 앉을 수 있었지. 한 번도 그 집을 가지고 놀지 않았지만 아직도 갖고 있어.

그해 여름 나는 보른홈으로 캠프를 갔어. 그 전엔 바위를 본 적이 없었어. 난 다른 아이들을 알지 못했는데, 집에 엄마와 아빠가 있든 없든 우리 주변에 똑같은 어른들만 있어서 마음이 편했어. 집에 돌아왔을 때 제일 먼저 아이길이 언제 오는지 물어보았지. 엄마는 아이길이 더 이상 오지 않을 거라고 했어. 이유를 물었어. 엄마는 아이길이 다른 도시로 이사 갔다고 말했어. 엄마가 거짓말을 한다는 걸 알 수 있었지만 혼란스러워 보이진 않았어. "우린 잘 맞지 않았어." 엄마가 덧붙여 말했어. 마치 내가 눈치챈 걸 안다는 듯. 나는 하나도 이해가 안 되었어. 사 년 뒤에 엄마가 토마스 이야기를 해 줄 때 나는 아이길이 사라진 일을 다시 물었어. "엄마는 아이길이 싫었어?" 엄마는 어깨를 으쓱했어. "그 사람이 싫은 건 아직도 아빠를 사랑해서야?" 엄마의 미소 때문에 내 얼굴이 달아올랐어. "하지만 얘야." 엄마가 말했어. "그땐 이미 너무 오래전 일이었어."

* * *

며칠 전에 모르텐이 깜짝 방문을 했어. 나는 거실 벽을 칠하는 중이었지. 모르텐이 층계를 올라오는 동안 나는 한쪽 면을 끝냈어. 내가 롤러를 든 채 돌아보자 모르텐이 문가에 멈춰 서서 만족스레 웃었어. "멋지겠네요." 그가 말했어. "하얗게 되겠지." 내가 대답했어. "이웃들이 재미있는 동네군요." 모르텐이 말했어. 나는 웃지 않을 수 없었어. "재미있다고 생각하니?" 모르텐이 손짓했어. "내 말은, 다채롭다는 뜻이에요." 나는 더 이상 의견을 내지 않았어. 나는 모르텐이 좋아. 새엄마로서 내 특권이지, 안나. 이제 네 아이들은 성인이 된 지 오래니까. 나는 한 명을 다른 한 명보다 더 좋아할 권리가 있고, 애써 감추고 싶지도 않아. 내가 대화를 나눌 수 있는 사람이야, 베스테르브로에 관해서는 아니고. 모르텐은 언제나 교외에서 온 소년일 거야. 재미있어. 다채로워. 지저분해. 겁나. 모르텐은 세엄마가 아프리카계 미용사들과 허벅지까지 올라오는 플랫폼 부츠를 신은 소녀들 사이에서 뭘 하는지 이해하지 못했어. 모르텐은 변호사가 내게 서명하라고 보낸 서류를 갖고 있다고 했어. 물론 자길 보낸 사람이 스테판이라고는 말하지 않았어. 변호사 서류 같은 건 한 번도 모르텐이 담당한 적 없거든. 우리는 옆방으로 갔어. 변호사의 비서가 노란색으로 작게 표시한 부분에다 내가 서명을 하는 동안 모르텐은 자리에서 일어나지 않았어. 커피를 한 잔 줄 건지 모르텐이 내게 물었지. "물론." 나는 부엌으로 가면서 사과했어. 사십 년에 걸친 훈련이야, 안나, 나는 네 아들에게 차나 커피를 마시고 싶은지 묻지조차 않았어.

모르텐은 누군가와 이야기를 하고 싶었나 봐. 여전히 지난가을부터 한동안 사랑을 나누었던 대학 동료에 대해서였지. 우선 모르텐은 그녀가 불편하고, 그녀에 대해 그냥 이야기하는 것도 불편해 보였어. 결국 우린 그의 아버지를 끊임없이 애도했지. 그게 더 중요하지 않았을까? 나는 모르텐의 손을 잡고 잠깐 꼭 쥐었어. "네가 원하면 그녀 이야기를 해도 돼." 내가 말했어. 모르텐의 얼굴을 보고 내 뜻을 이해한 걸 알았지, 모르텐이 곧 말을 꺼냈어. 교수로서 서로 매일 마주치니 이상했지. 그녀는 그 일이 있기 이전처럼 모르텐을 대했어, 거의 이전과 다르지 않게, 그러니까 좀 서먹하게. 아무 일 없었던 것처럼.

그들은 매일 오후 모르텐의 친구 아파트에서 친구가 집을 비운 동안에 만났어. 그녀를 학교에서 만나 몇 시간 후면 한 침대에 누워 끌어안을 줄 알면서 아무 일도 없는 척구는 건 아주 자극적이었지. 만일 내가 엄마라면 모르텐이 이런 식으로 연애 이야기를 털어놓았을지 스스로에게 질문해 보았어.

"그러고 나서 네 친구가 돌아왔고?" 내가 말했어. "그전에 그녀가 갑자기 관계를 끝냈어요." 모르텐이 진중하게 대답했어. "그럼 결국 그녀는 남편을 떠나기 싫어했어?" 내가 말했어. "그녀는 준비가 되지 않았어요." 모르텐이 말했어. "그녀는 시간이 더 필요했어요. 어쩔 줄 몰라 했고 내가 존중해 주길 원했어요. 자신을 밀어붙이지 말라고 했어요." 모르텐이 한숨을 쉬었어. "네가 밀어붙였니?" 내가 물었어. "내가 얼마나 비참한지 보면 마음이 괴롭다고 했어요. 그리고 마시아가 나를 쫓아냈기 때문에." 모르텐은 변호사의 서류를 모아 파일에 넣었어. "마시아가 널 다시 받아들일 거라고 생각하니?" 내가 물었어. "전혀요." 모르텐이 말했어. "그리고 난 그녀에게 돌아가고 싶지 않아요. 그러고 싶다고 느낀 적은 한 번도 없고……." 모르텐은 말을 멈추었어, 적절한 단어를 찾기 위해. "괴로워?" 내가 물었어. "네." 모르텐이 말했어, 내 얼굴의 미소는 못 본 것 같았지. "너를 원하지 않는 두 여자 사이에 있는 게 훨씬 괴롭지 않을까?" 모르텐이 나를 보았어. "하지만 그거예요." 모르텐이 말했어. "그게 아그네테가 부담을 느끼는 이유예요. 결정을 내릴 수 없대요…… 죄책감을 느끼는 한…… 왜냐하면……." 나는 커피포트를 들었어. "더 줄까?" 모르텐이 내게 컵을 건넸어. "그래서 가련하고 괴로운 아그네테는 네가 자기에게 더이상 열중하지 않아서 자기가 마음을 놓을 때까지 남편을 떠날 수 없겠네?"

모르텐 역시 웃지 않을 수가 없었어. 우리는 한동안 아무 말도 없이 앉아 있었지. 모르텐은 자기 앞에 놓인 서류 더미를 보았어. "뭐 좀 물어봐도 돼요?" 모르텐이 말했어. "그래." 내가 말했어. "당신이 아파트에 쓴 돈은…… 물론 나와 상관없는 일이지만……." 나는 손을 펴서 서류 위에 올려놓았어. "스테판이 아니까 너도 알 권리가 있어. 내 첫 남편 헨닝은 네 엄마와 함께 죽었어……." 나는 모르텐의 시선을 마주했고 눈을 깜빡이지 않으려 애썼어.

갑자기 우리가 네 죽음에 대해 한 번도 말한 적 없다는 걸 깨달았어. 이상하지 않아, 안나? 게오르그는 아이들이 자라면서 네 죽음에 대해 얘기했겠지만 내가 근처에 있을 때는 아니었겠지. 그리고 그이는 절대 너를 배신하지 않았을 거라고 생각해. 그건 그들에게 상처를 주었을 테니까. 네가 남겨 놓은 소소한 기억을 휘젓는 일이었을 테니까. "헨닝의 어머니에겐 다른 상속자가 없었어." 내가 이어서 말했어. "헨닝의 어머니가 내게 유산을 조금 남겨 주었고 난 그걸 쓴 적이 없어." 모르텐은 고개를 끄덕였어. "하지만 왜 그게 비밀이 되어야 하죠?" 모르텐이 물었어. "스테판이 비밀이라고 말했니?" 내가 물었어. "아뇨." 모르텐이 말했어. 한동안 나는 모르텐에게 모든 걸 말할까 생각했지만 그러지 않았어.

나를 믿어, 안나, 네가 게오르그를 믿을 수 있듯이. 쌍둥이는 너와 헨닝에 대해 전혀 몰라. 너흰 그냥 친구였어. 헨닝의 어머니가 사망했다는 소식을 들었을 무렵 난 오랫동안 연락을 끊은 상태였어. 상황을 알았다면 병원에 입원한 그 사람 어머니를 문병하러 가고 싶어 했겠지. 그리고 변호사로부터 내가 유일한 상속자라는 말을 들었을 때 별 가책을 느끼지 않았어. 게오르그에게 내 계좌를 만들어 달라고 했고 돈을 그렇게 그냥 두었어. 내가 그 돈을 생각하는 것만으로도 혼란스러워하는 걸 그이는 느꼈겠지. 우리는 그 문제에 대해 다시는 이야기하지 않았어. 나는 그 일을 거의 잊어버렸어.

모르텐이 가고 나서 나는 페인트칠을 다시 시작했어. 롤러가 비 내리는 거리의 자동차 타이어 같은 소리를 냈지. 나는 언제나 그 소리를 사랑했어. 그 소리는 내게 도시의 축약본 같아. 나는 언제나 도시를 사랑했어, 안나, 내가 네 집에서 네 삶을 이끌어 가는 동안에도. 나는 한 번도 너와 네 아이들처럼 교외 거주자인 적이 없어. 가끔가다 나는 전철을 타고 시내로 갈 기회를 잡았지. 게오르그는 몰랐어, 나는 쌍둥이가 학교에서 돌아올 무렵엔 꼭 돌아왔고. 알다시피 나는 직장을 그만두었어. 아이들이 중학교에 들어갔을 때야 다시 일을 시작했다니까. 내 전 상사는 퇴직한 지 오래였고 생활 광고는 더 이상 없었지만, 난 교정자로 취직했어. 그렇게 매일 신문을 읽게 됐지. 나는 말들을 알아, 안나. 아메리카바이 시절 비 오는 오후에 사전을 무작위로 펼쳐 보며 혹은 알파벳 순서를 따라 읽으며 알게 됐어. 하지만 몇 년 동안 네 집과 네 아이들과 네 남편을 보살폈고, 그게 내 일이고 그들이 내 것이라고 느꼈어. 다른 여자들이 저항을 하고 취업 전선으로 몰려간 동안 나는 앞서 말했듯이 쇼핑하고 요리하느라고 바빴지. 아이들을 축구 훈련장에 데려다 주었고 생일과 숙제를 잘 챙겼어, 난 지루하지 않았어. 이상하게도 난 자유로웠고 해방된 기분이었어.

내가 하루 대부분을 내 뜻대로 보냈다는 건 말할 필요도 없겠지. 가끔 어떤 일을 끝내고 나서 다음 일에 뛰어들지 않아도 되었을 때 나는 거실 마루에 눕곤 했어. 눈을 감고 가구들 사이에 등을 대고 누웠지. 테라스가 내려다보이는 넓은 이중 유리창으로 들어오는 소리들을 들었어. 새, 바람에 흔들리는 잎사귀, 달리는 차. 부드럽게 살랑대는 라디에이터. 생각했어, 내 아버지는 내가 존재한다는 걸 모른다고. 그가 모른다는 걸 아무도 모르지.

내가 말했듯이 다른 날엔 시내에 갔어. 이따금 그러게 되더라. 이쪽 동네에서 저쪽 동네로 발길 닿는 대로 걸었어. 비가 내리기 시작하면 코트 단추를 잠그고 머리는 젖도록 내버려 두었어. 머리는 늘 다시 마르니까, 안나.

사라지지 않는 건 없어. 나의 이런 생각이 네겐 슬퍼 보이겠다 싶지만 알다시피 난 슬픈 사람은 아니야. 가끔 난 행복해, 노래에 있듯이 마음으로 행복해, 내가 항상 그걸 보여 줄 수는 없더라도. 뭐든 그저 지나치는 무언가일 뿐이야. 들볶이고 쪼들리고 때로는 심지어 짓밟히고, 하던 일을 그만둘 수 있지만 내면은 그대로야. 나이가 들고 도시는 변하지만 똑같은 눈이고 똑같은 거리지. 난 다 자랐을 때 똑같은 길을 따라갔어. 견진 성사를 받을 때부터 쉰드레 파산바이에서 남편과 사별한 여자와 함께 사는 걸 허락받은 날까지 그 몇 년 동안 나는 마음 가는 대로 거니는 것을 좋아하게 됐어. 나는 집에서 엄마와 앉아 있거나 엄마가 퇴근하고 돌아왔을 때 집에 있고 싶지 않았어. 시그리드가 같이 있기 힘든 엄마여서는 아니었어, 반대였지, 그리고 엄마가 날 방해하지 않길 바라면 내가 할 일은 그저 독서가 다였어. 나는 엄마의 책을 모두 읽었고, 마지막 권을 읽을 때 이사했어. 해야 할 일이 없을 때 나는 책을 읽거나 산책을 갔어, 라틴 지구의 좁은 골목이나 멀리 프레데릭스베르로.

언젠가 스말레가데로 가는 길 앞에 멈춰 섰는데 접

착제와 대패로 막 다듬은 나무에서 나는 사랑스러운 냄새 때문이었어. 뒤쪽 건물에 소목장이 운영하는 작은 작업장이 있더라. 기다란 형광등 아래 짙은 녹색 기계들을 볼 수 있었지. 안뜰에 여자가 나타났어, 자전거를 밀면서 말이지. 난 계속 걸어가려다 그녀에게 말을 건네는 목소리를 알아듣고 다시 멈추었어. 여자는 그 목소리의 주인공이 따라올 때까지 기다렸어. 입구에서 하나가 된 두 실루엣, 그들이 침침한 불빛 아래로 나왔을 때 그 생김새며 색을 추측했지. 아이길은 하나도 변하지 않았고, 그도 나를 알아보았어. 우리가 서로 인사를 나누는 동안 여자는 나를 조심스럽게 바라보았어. 여자는 턱 아래로 스카프를 매서 둥그스름한 볼이 강조되어 보였어. 내 엄마 또래가 분명했어, 아마 더 젊겠지. "이쪽은 비베케야." 아이길이 말했어. 나는 여자와 악수를 하고는 당황해 무릎을 굽혀 인사했어. "세상에, 많이 컸구나." 아이길이 웃었어. "하지만 넌 매번 이런 소리를 듣겠지." 나도 웃음으로 답하고 어깨를 으쓱했어. "아직 그 인형의 집을 갖고 있어요." 내가 말했어. "네가?" 아이길의 눈이 흔들리기 시작했어. "간다. 안부 전해 줘, 그럴 거지?" 그들이 반대 방향으로 걸어갈 때 나는 그들을 보기 위해 인도에서 몸을 돌렸어. 아이길이 그녀의 자전거를 끌고 그녀는 그의 팔을 잡았어.

대형 트럭과 작은 정원을 지나며 생각했어, 아마도 엄마가 진실을 말한 모양이라고. 엄마는 절대 막막하지 않았을 거라고, 입센을 읽는 젊은 독일 장교와 당신의 딸을 위해 인형의 집을 만들어 줄 시간이 있는 그리 젊지 않은 목공 교사 사이에서 결코 괴롭지 않았을 거라고. 정말로 그 일은 오래전이었고, 그래서 엄마는 「바다에서 온 여인」 속 선원처럼 어느 날 그녀의 장교가 돌아와서 그녀를 데려갈 거라는 생각을 자연스럽게 포기할 수 있었을까? 그 모든 시간이 지나고 그가 돌아올지도 모르기 때문에 모든 것이, 갈망과 부끄러움과 외로움이 말이 되었을까? 그러나 엄마가 아이길을 택했다면, 그리고 어느 날 내 아버지가 온다면 아이길은 점잖고 너그럽게 엄마를 놓아주고 엄마는 그렇게 오랫동안 기다리게 한 장교 말고 목공 교사를 택했을까? 엄마가 불가능한 꿈으로 괴롭지 않았다면, 그랬다면 무엇 때문에 거리를 두었을까?

세월이 흐르면서 시그리드에겐 단단한 뭔가가 생겼어, 그리고 나는 그녀가 사람들을 멀리했다는 생각이 들어, 아마 자신도 모르게. 왜 아무도 만나지 않느냐고 물으면 그녀는 수다 떠는 것보다 독서가 좋았다고 할 거야. "도스토옙스키와 대화할 수 있는데 무엇 때문에 방해꾼을 원하겠어?" 그녀는 자기 대답에 눈에 띄게 만족하면서 물었어. 방해꾼 혹은 목공 교사겠지, 나는 생각했어. 그녀는 언제나 자기 책들을 갖고 있었어, 토마스 호프만과 이야기가 시작되기 전에도 말이지. 그녀의 책과 그녀의 생각, 아무리 모호하다 해도 뭔가 더 나아간 삶에 대한.

* * *

나는 헨닝이 괴로워했는지 궁금해. 얼마나 오래됐어? 눈사태 전 너의 비밀스러운 생활 말이야. 죄책감이 너를 쥐어뜯을 시간이 있었니? 아니면 네가 알던 세계에서 보이지 않는 벽을 통과해 다른 세계로 가는 모험과 가벼움이 전부였니? 네가 아마 꿈에 그릴 수조차 없었던 다른 불가능한 버전 말이야. 다른 입, 다른 한 쌍의 눈, 다른 손. 다른 냄새. 예상하지 못한 일이 일어날 때의 모험심 넘치는 가벼움, 그리고 넌 네 자신이 다른 누군가가 될 수 있다고, 마침내 자유로워질 수 있다고 느껴.

너는 그 가벼움이었어, 안나. 나는 헨닝을 이해해. 나는 그와 이야기할 수 있었고, 우리는 함께 몽상에 잠길 수 있었어, 그렇지만 설령 내가 침울한 사람이 아니라 해도 헨닝은 내 내면과 외면이 좀처럼 일치하지 않는다는 걸 쉽게 느낄 수 있었을 거야. 나는 헨닝을 이해해, 정말로. 네 앞에서 나 역시 온기를 느꼈어. 헨닝이 나를 만나 밤과 적포도주를 먹으러 게오르그와 안나라는 사람들에게 데려갔을 때 난 여전히 몹시 추운 작은 생명체였어, 작별을 고할 가치도 없는 회색빛 과거에서 튀어나온. 너는 파티며 행복하게 떠들며 놀기에 적절한 때를 매번 놓치지 않았어. 언제나 웃을 거리를 찾아냈지. 물론 헨닝은 처음 순간부터 너와 사랑에 빠졌을 거야, 반했다는 사실도 모르고서. 너는 헨닝에게 이 사실을 상기시키기 위해 거의 아무것도 할 필요가 없었고, 아마 네 갑작스러운 충동으로 그냥 시작되었겠지. 너는 9월의 자두나무가 안겨 줄 맛을 확인하지 않고 지나칠 수는 없었어. 넌 해를 끼칠 뜻은 없었어, 난 확신해, 그리고 내 것을 가져간다는 생각은 전혀 해 보지 않았을 거야. 너의 현재가 펼쳐질 때 너는 미래를 조금도 생각하지 않았어. 삶의 기회에서 네가 나보다 더 좋은 감각을 가졌다고 할 수 있겠지. 넌 그저 네 손으로, 네 입술로 느껴야 했어, 삶이 어떤 식으로 가능한지. 느긋함, 딱 맞는 단어지, 그리고 내가 네 자리에 발을 들였을 때 느꼈어. 오, 맞아. 나 자신에게 말했어. 삶이 이렇게 멋질 수 있다고, 심지어 월요일에도 말이야. 보이지 않는 벽을 지나 이동하는 기분이었어.

우리는 끔찍할 정도로 점잖았지. 불을 끄고 다른 사람인 척 굴어야 했어. 똑같은 몸짓, 똑같이 고상한 몸부림. 우리가 누군지는 중요하지 않았어. 인류의 긴 사슬 가운데 우리는 그저 작은 고리였어. 살과 닿은 살이었지. 그 순간이 지속되는 동안은 말이야. 욕망과 번식이라는 기나긴 사슬의 고리였어. 인도의 사원, 남녀가 짝짓기를 하는 모습이 영원의 이미지로 섬세하게 조각된 부조의 일부와 같았어. 낮이면 엘리노르와 게오르그가 있어, 그 자체로 충분히 이상했지. 어둠 속에는 태고의 일과를 수행하는 두 낯선 신체가 있지, 우리가 적어도 우리 몸만큼 낯설지 않아서 안도하는. 결국 누구든 아무와 성교를 할 수 있어. 그저 얼굴이 더해질 때만 뭔가 더 나아간 이야기가 돼. 그리고 얼굴은 적절한 때에 더해지지. 그 사람의 차분함은 안전한 동굴 같았겠지, 이해해, 그렇다 하더라도 너를 전혀 이해하지 못했어. 그 사람이 너보다 나이가 많다는 사실이 중요했니, 헨닝은 네 또래인 데 비해? 네가 게오르그에게서 본 것들에 관해 처음엔 혼란스러웠지만, 나중엔 어떻게 네가 게오르그의 품이 주는 안전함보다 변덕스러운 헨닝을 더 좋아할 수 있었을까 궁금해졌어. 네 자리를 차지했다고 해서 내가 너를 조금이라도 더 이해했다는 얘긴 아니야. 나는 너를 사랑해, 안나. 그러면서 너를 전혀 이해하지 못했어. 내가 다른 무엇이 되었을지 잘 몰라. 말하기 소름끼쳐, 그렇지만 네게 감사할 게 많아.

물론 게오르그는 내가 이사하기 전에 아이들과 이야기를 했어. 게오르그가 내게 협상 결과를 알려 주러 왔어. 네 아버지는 평소처럼 아이들을 축구 경기장에 데려갔어. 그동안 나는 헨닝의 흔적을 모두 지웠지, 아파트는 혼자 사는 여자가 쭉 살던 집처럼 보였어. 아이들은 남자 아이들이 보통 그러듯 이 일을 꽤 무심하게 받아들였어. 내가 어디에서 자게 되는지 물었지만 대답해 주니 별말을 하지 않았어. 우리 둘이 집에 함께 있었지, 아이들이 돌아왔을 때 말이야. 네 아버지가 언제나처럼 나를 반긴 게 분명히 도움이 됐어. 첫 저녁은 어색했지만 곧 끝났어. 그다음 며칠 동안 나는 아이들에게 널 잊도록 하거나 슬플 때 참게 하지 않을 거라고 말해 주며 조금씩 상황을 이해시켰어. 우린 매일 저녁 너에 대해 이야기했고, 아이들이 네 휴가 이야기를 들려주었어. 마치 네가 어딘가에 앉아서 이야기를 듣는 느낌이었다니까. 가지 위의 새처럼 이곳저곳에 네가 앉아 있었어, 내 마음속 기억에 남는 순간들의 나뭇가지에.

너는 우리 일상의 일부였고, 자주 화제에 올랐어. 처음에 아이들은 무척 도움이 됐고 유용했어, 내가 아침에 부엌에서 점심 도시락을 준비할 때나 오후에 아이들이 시끄러운 반 친구들과 함께 집으로 돌아왔을 때 말이야. 그 아이들이 평소에 얼마나 많은 것들을 허락받았는지 알고서 놀랐지. 네가 그걸 다 허락하진 않았을 거야, 안나, 하지만 내가 어떻게 해야 했을까? 이 년 만에 나는 나만의 규칙을 도입하기 시작했어, 그사이 아이들의 연령대가 달라지면서 게오르그와 나는 고난과 유혹에 맞서야 했지. 나는 아이들을 더 통제하기 시작했어, 심지어 상황이 위태로워질 때도. 그리고 아이들이 나를 믿기 시작했다는 걸 알게 됐어. 뒤늦게 깨달았지, 아이들이 날 좋아한다는 걸. 아이들이 알리고 다닐 일은 아니었지만 게오르그가 기분 좋게 쬐고 있던 사랑의 일부를 나도 조금씩 조금씩 받았어. 우리는 활기찼고, 때로는 장난기 넘치는 분위기였는데 네가 말하지 않은 모든 것들과 화음이 잘 맞았어. 가능했다면 난 좋은 엄마가 되었겠다고 생각했어.

저녁에 아이들이 자러 가면 게오르그와 나는 앉아서 이야기를 했어. 처음 몇 년 동안 우리는 텔레비전을 거의 보지 않았다니까. 게오르그는 윌란 농장에서 보낸 유년 시절이며 형제자매들이며 청년 시절에 대해 이야기를 했어, 혹은 사무실에서 무슨 일이 있었는지 이야기했어. 그 사람은 일을 잘 해냈고 매번 승진했지. 나도 내 유년 시절에 대해 말했는데 이따금 토마스 호프만에 대해 말할 뻔했다니까. 그이를 믿지 않아서가 아니었어. 그이는 시그리드와 나에 대해서 연민을 느꼈을 거야. 이건 그저 전쟁 시절의 옛이야기일 뿐이라고 나 스스로에게 말했어. 오늘날엔 아무도 엄마를 비난하지 않을 거고, 추방당하고 또 불명예와 고립 속에서 스스로 물러났을 시절에 그랬던 것하고는 달리 엄마를 나무라지 않을 거야. 그래도 난 아무것도 말하지 않았어. 내가 입을 다문 건 그이의 동정심 때문이었을지 몰라. 그리고 너무 늦어 버렸지. 게오르그를 더 잘 알수록 내가 이 이야기를 일찍 하지 않은 일이 그 사람에게 상처를 줄 거라고 생각하게 됐어.

시간이 흐르면서 우리는 헨닝과 너에 대해서, 혹은 젊은 시절 돌로미티에서 일어난 일에 대해서 자주 이야기하지 않게 됐어. 우린 네가 전혀 모르는 친구 사이가 됐지. 우린 우리 삶을 살게 된 거야. 조금씩 우리 이야기가 너와 게오르그의 이야기보다 더 길어졌어. 우린 함께였어.

그이는 우리 엄마와 잘 지내려고 애썼어. 엄마는 일요일이면 종종 저녁을 먹으러 왔고, 우리가 외출할 때 네 부모님과 번갈아 가며 아이들을 돌보았어. 크리스마스에 늘 머무르는 고정 손님이었고. 처음 몇 년간 우리는 게오르그의 부모님이 너무 나이 들어 여행을 못 하게 될 때까지 할아버지와 할머니를 모두 모시고 크리스마스를 보냈어. 나는 엄마에게 놀랐어. 활기치고 예의 발랐거든. 한두 명이 넘는 사람들과 있는 모습을 본 적이 없다는 걸 깨달았어. 내가 누구의 딸인지 아무도 짐작하지 못했듯이 아무도 엄마가 스테게 출신 노동자의 딸이라는 걸 짐작하지 못했을 거야. 멋진 집에 앉아 나하고 엄마가 사기꾼이라고 느낀 냉정하고 신랄한 순간들이 있었지. 이 감정은 언제나 있었지만 대체로 짙은 색 물고기처럼 거의 눈에 띄지 않고 사건과 행동과 계획이 이어지는 일상의 흐름 아래 늪 속에 숨어 있었어. 그저 때때로 밤중에 게오르그가 내 옆에 잠들어 있는 동안 거칠게 숨을 헐떡거리며 나타났지.

나는 엄마와 그다지 다정하게 지낸 적이 없었어. 내가 아직 집에서 살 땐 우리 사이의 모든 게 꽁꽁 묶여 있어 꼼짝할 수 없었고, 시간이 흐른 뒤에는 내가 연락이나 방문을 꺼렸지. 엄마는 불쑥 끼어드는 사람이 아니었어. 엄마는 품위를 지키며 혼자 지냈고, 그러다 보면 내가 양심에 켕겨서 결국 엄마를 찾아갔어. 나는 초조하고 성미가 급했어. 엄마한테 향하면서도 동시에 다시 뛰쳐나올 준비가 되어 있었지. 게오르그는 눈치챘겠지. 먼저 본보기를 보여 주면서 엄마를 챙기는 방법을 알려 주었거든. 그이가 여행을 가자고 나를 설득하던 몇 안 되는 어느 때에 엄마가 스테판이랑 모르텐과 지내러 왔어. 부활절이었고 그해 네 부모님은 네 친가를 방문하기 위해 살레르노에 갈 계획이었어. 게오르그는 월란의 부모님에게 아이들을 보내는 건 번거로운 일이라고 여겨 내 생각을 물어보았어. 엄마는 그이가 당신을 믿어 주어 무척 영광으로 생각했지. 그 사람이 엄마를 데리러 아메리카바이에 갔고, 덕분에 엄마는 가방을 들고 전철을 탈 필요가 없었어. 봄이 일러서 우리는 날카로운 오후의 햇살을 받으며 테라스에 앉았어. 엄마와 나 단둘만 함께 있은 건 오랜만이었어. 게오르그와 나는 몇 시간 뒤 파리로 가는 밤기차를 탈 거였어. "멋지게 사는구나." 엄마는 이렇게 말하고 햇빛 아래 눈을 감았어. "네." 내가 말했어. 갑작스러운 충동으로 엄마가 앉은 접이식 의자 팔걸이에 늘어뜨려진 엄마의 손을 잡으려고 손을 뻗었어. 다시 생각해 볼까 했지만 어쨌든 손을 잡았지. 그리고 그 손이 내 손을 감쌀 때 엄마의 손가락을 느꼈어.

이 년 뒤 엄마는 병에 걸려 수술, 치료, 희망, 재활의 긴 시간을 보내고 갑자기 세상을 떠났어. 나는 매일 엄마를 보러 병원에 갔어. 엄마는 그전에 절대 말하지 않은 것들을 들려주었어. 내가 쉰드레 파산바이의 남편을 사별한 여자에게 갔을 때 여러 남자를 알고 지냈대. 내가 당황하자 재미있어했어. 오래가진 않았지만 몇 명 이상이었대. 그들의 장단점을 따져 보고 또 그들이 얼마나 다른지 살펴보는 게 재미있었다고 했어. 그 이야기 속에서 엄마는 경솔한 구석이 있었어. 그래서 놀랐지만 누군가 관심을 보일 때 용기를 내 보면 어때서? 엄마의 즐거움이 내 신경을 건드렸나 생각했어. 하지만 왜? 엄마는 내 아버지에 대해 전혀 언급하지 않았고 곧 너무 쇠약해져 몇 분 이상은 대화할 수 없게 됐어. 마지막 날들 중 언젠가 나는 아버지를 찾을 생각은 해 본 적 없느냐고 물었지. 엄마는 눈을 감고 누워 있었어, 약 때문에 이미 졸린 상태였어. 예순도 안 됐지만 나이 든 여자처럼 보이더라. 엄마가 잠들었다고 생각했는데 갑자기 손을 들어 신호를 보내더니 내가 알아들을 수 없는 말을 중얼거렸어.

그다음 날 가 보았지만 엄마는 거의 대부분 시간을 잤어. 저녁에 병동에서 전화가 왔지. 게오르그가 전화를 받았어. 우리가 갔을 땐 너무 늦었어. 간호사가 엄마의 손을 포갰어. 마치 잠든 사람처럼 보였어. 게오르그가 나를 팔로 감쌌고 나는 그 사람의 가슴에 얼굴을 묻었어. 내가 얼마나 안도했는지 그이에게 말할 수 없었어.

* * *

　난 사람이 그리워, 내 남편, 우리 남편 말이야. 너무 그리워. 혼자서 무얼 해야 할지 모를 때가 있어. 그럴 때 면 아메리카바이로 이사 온 게 실수가 아니었나 싶어. 그 이가 돌아와도 나를 찾지 못할 거야. 난 미친 게 아냐. 인 간은 이성으로 갈망을 달래려 한 적 없고, 자신의 갈망을 희생하지 않는다는 걸 깨닫게 됐어. 그저 그이가 죽었기 때문에 내가 그이를 편한 방식으로 사랑할 수 있는 것처 럼. 이건 결코 단어들 그대로의 의미는 아니었어. 그게 내 가 너에게 말을 건네는 이유야.

　그 사람의 부재를 견딜 수 없는 때가 있어. 그 느낌은 육체적인 거야, 안나. 비유가 아니야. 그럴 땐 거리를 걸 어, 내가 다 자라고 나서, 그리고 그 후에 그랬듯이, 자진 해서 선택한 추방 상태에서 네 아이들의 새엄마가 되었 을 때 그랬듯이. 안나, 다시는 간이 차고를 볼 일 없을 거 라고 나 자신에게 약속했어. 나는 내키는 대로 도시를 걸어, 충동적으로, 혹은 눈길을 끄는 무언가를 따라서. 걸을 때면 나 자신을 잊어. 그전처럼 똑같은 거리를 걷는 하나의 시선일 뿐. 때로는 라틴 지구의 좁은 골목을 돌고 때로는 프레데릭스베르의 끝까지 걸어가 더 멀리 반뢰세로 걷지. 시그리드가 시내에 와서 취직했다는 마분지 공장을 찾아보려고 한 적 있는데 그건 헐렸겠지.

너는 내 마음속 나뭇가지에 새처럼 앉고, 이따금 날개를 퍼덕이며 어딘가 다른 곳으로 날아가 앉아. 너는 내게 물어보고 싶은 게 있어. 알아. 내가 왜 아버지를 찾으려 하지 않았는지 궁금하겠지. 오늘날엔 가능할 거야, 텔레비전 프로그램도 있으니까. 황금 시간대에 목메는 재회 장면만큼 성공적인 건 없지. 하지만 그가 나를 보고 행복할지 누가 알겠어? 그는 내 존재를 전혀 몰랐어. 너는 말하겠지, 바로 그거라고. 이 상태로 난 어떻게 살 수 있었을까? 그가 전혀 모르는 채?

넌 이해하지 못해. 몇 년이 지나고 나서 나는 엄마가 약기운으로 둔해진 가운데 희미한 몸짓과 웅얼거리는 목소리로 전하려고 애쓴 게 무엇인지 깨달았어. 늘 같았어. 그는 전쟁이 끝나고 올 수 있었어, 죽지 않았다면. 그는 오지 않았지, 그가 죽어서든 그녀를 잊어서든, 혹은 그저 다른 걸 원해서든. 그리고 그가 오지 않았다면 다 똑같아. 원해서 오지 않았다면 그가 살았는지 아닌지는 엄마에겐 중요하지 않았어. 그게 엄마 생각이었을 거라고 믿어. 엄마의 자존심 탓이라고, 또한 무방비한 믿음 탓이라고 생각해.

게오르그와 아이들의 집으로 이사 들어갈 때 너희 둘이 우리를 만나기 전 슬로 폭스트롯을 추는 사진을 갖고 있었어. 난 너희가 서로 얼마나 사랑했는지 아이들이 알 수 있도록 그 사진을 아이들 방 벽에 걸어 놓았어. 아이에게 중요한 유일한 것이지. 우린 부모가 우리를 용서할 때 그들을 용서해, 그들이 서로 사랑하면 좋으련만. 나는 토마스 호프만을 이해해 보려고 할 때마다 생각해, 그가 엄마와 함께 추분 무렵의 보름달 아래 작은 만 앞을 거닐던 그 늦은 여름을.

가끔 난 행복해

1판 1쇄 찍음 2018년 9월 28일
1판 1쇄 펴냄 2018년 10월 5일

지은이 옌스 크리스티안 그뢴달
옮긴이 진영인
발행인 박근섭, 박상준
펴낸곳 (주)민음사

출판등록 1966. 5. 19. (제16-490호)
주소   서울시 강남구 도산대로1길 62
          강남출판문화센터 5층 (06027)
대표전화 515-2000   팩시밀리 515-2007
www.minumsa.com

한국어 판 ⓒ (주)민음사, 2018. Printed in Seoul, Korea

ISBN 978-89-374-3905-6 (03850)